二見サラ文庫

笙国花煌演義
～夢見がち公主と生薬オタク王のつれづれ謎解き～

野々口 契

| Illustration |

漣ミサ

| 本文Design |

ヤマシタデザインルーム

C O N T E N T S

第一章

公主花琳《ふありん》、笙《しょう》の国哥《か》をおおいに閑《さわ》がす

大陸一の交易国と名高い笙《しょう》国の都、哥《か》。

悠々と大陸を分けるように流れる大河、龍江《りゅうこう》の華と言われる美しい都である。龍江が諸国へと枝分かれしていくその分岐にあり、また西国への入り口でもあり、様々な国の商人がまず訪れる地である。

交易を産業の主とするだけあり、街並みは異国情緒豊かで行き交う人々は他国の者も多く、そのため服装も多種多様である。異国の装いに身を包んだ商人が軒を連ねる哥の市場にはありとあらゆるものが並び、わざわざ国境を越えて買い求めに来る者も多い。

この哥にはないものはない。

そう広く知らしめられているほど、遥《はる》か遠い国の品物までそこかしこの店に並んでいる。技巧をこらした複雑な図案の絨毯《じゅうたん》から、美しい絹の着物、色とりどりの玉や金糸に銀糸、貴石をあしらった彫金細工や繊細な絵を施した美麗な壺《つぼ》。それだけではなく、南方、西方の見たことのない木の実や果実まで、およそ手に入らないものはないと言われていた。

「ねえ！　見て見て、白慧《びゃくけい》！　あちらの方のお召し物の刺繍《ししゅう》、すごく美しいわ。あっ、向こうの方の領布《ひれ》の柄！　なんてすてきなのかしら……。ああ……さすが哥の都よね……こんなに美しいものに溢《あふ》れてるなんて……」

はあ、と少女はあたりをキョロキョロしながらうっとりとし、何度も何度も溜息《ためいき》をつく。

彼女は花から花へと飛び回る蝶《ちょう》のようにふわふわとした足取りであっちの店、こっちの店と、哥でも一番の繁華街である蓬莱《ほうらい》街を彷徨《さまよ》っていた。

その側《そば》には彼女の姿を見失うまいと、一匹の白い犬がおとなしく付き添っている。

年の頃は十五、六といったところか。小柄なため、まだ幼いと見られるものの、ぱっちりとした目、薄紅の頬、艶《つや》やかな赤い唇が実に可愛《かわい》らしい。彼女は屈託ない笑顔で、店の者に話しかけている。

「――花琳《ふぁりん》様！」

その危なっかしい足取りの少女の腕を背の高い美しい女人がぐい、と引く。

「わっ……！　もう、いきなりびっくりするじゃない、白慧」

「花琳様、いくら珍しいからといって、ふらふら歩き回るものではありません」

腕を引かれて花琳と呼ばれた少女は不満そうな顔を白慧と呼んだ女人へと振り向けた。

侍女のようだがこちらもたいそうな美形である。身に着けているものは花琳と同様に地味だが、二人ともそれなりの装いならば、もっと目を引いただろう。

「だって、こんな機会は滅多にないじゃない。氷《ひょう》にはないものばかりなのよ！　やだ、あれもおいしそう……！」

そう言った先から、天秤棒《てんびんぼう》を担いだ飴《あめ》売りのほうへまた吸い寄せられるように花琳は足を向ける。

「花琳様！　いい加減になさってください。だいたいわたくしたちはこの哥へはただ立ち寄っただけで、物見遊山に参ったわけではないことを本当にわかっておられますか」

「わかってます。わかってるってば。せめて束《つか》の間の自由を満喫したいじゃない。どうせあちらに着いたら、一生閉じ込められるのでしょう？　ずっと牢獄《ろうごく》みたいなところで暮していたのに、その上また牢獄みたいなところに行くのよ。面白みのない私の人生……生まれてからまったく外の世界も知らない上、さらに世俗からはかけ離れた場所に行くんだもの。だからその前に少しくらい自由にさせて？」

ね、と小首を傾《かし》げ、目を潤ませて懇願するように白慧を見る。

「いけません。いいですか、花琳様は仮にも氷国の公主様なのですよ。その公主様があっちにふらふら、こっちにふらふらした挙げ句、街中を大声を出して歩いているなんて……」

頭が痛い、と白慧は額に手を当てる。

そう、花琳は氷という国の公主――すなわち姫だ。姫と言っても、花琳の母親は正妃ではなく、数多《あまた》の妃嬪《ひひん》の中でもそれほど位は高くない。そして氷国の王は王子が三人、公主が八人、とそこそこの子だくさんである。花琳はその中でも比較的目立たない。とはいえ、一応は王の血を引いているのだが。

「いいじゃない。ちょっとだけ。ね？　風狼《ふうろう》もそう思うでしょ？」

花琳はしゃがみ込んで、自分の側にいる白い犬に話しかけた。風狼という名らしい白い犬は花琳の話がわかったのか「ワン」と相づちを打つように一声上げる。

が、白慧は冷たい視線を花琳に向けた。その視線のあまりの冷たさに花琳はぷうっとふくれっ面をする。白慧の言うことが正しいのは花琳とて理解しているのである。

「わかってるわよ。まあ、多少耳がいいのは自慢できるとはいえ、歌舞音曲に秀でているわけでもなく、たいして取り柄もない第三公主って、ビミョーな感じの立ち位置の私に割り当てられた精一杯のお務めですもの。牢獄だろうがどこだろうが行きますけど。でもその前にちょっぴりだけ自由があってもいいじゃない？」

白慧がなにも言わないのをいいことに花琳は同情を引くように、「ああっ、可哀想《かわいそう》な私」と大袈裟《おおげさ》な身振りでよよと泣き崩れる。――もちろん、嘘泣《うそな》きだが。

「まったく知らない国で妃嬪たちにいじめられながら……しかも顔も知らない王太子殿下に閨《ねや》であんなことをされたりこんなことをされちゃうかもしれないのに。そうよ、変態かもしれないじゃない？　そんなところに白慧が手塩にかけた可愛い私が行かなければならないの。可哀想だと思うでしょ？　その前に最後の最後のお願いよ、白慧。だから、ね？」

するとまた風狼が合いの手を入れるように「ワン」と小さく吠《ほ》えた。

「風狼、あなただけはわかってくれるのね……！　可愛い子……！」

芝居がかった口調の花琳と風狼を白慧はちら、と横目で見、はあ、と大きく溜息をつく。

「まったく相変わらず口が減らないというかなんというか。顔も知らないってどちらの姫様も同じですよ。なにも花琳様だけではありません」

「えー、だって、この間読んだ『桃薫伝《とうくんでん》』って物語では、美形の皇帝陛下と辺境の踊り子が運命の出会いをして身も心も焼き尽くすような情熱的な恋愛をしているのよ。それがもうせつないし胸がときめくし……！　また皇帝陛下がすてきなの！　どんな困難にも負けずに踊り子への一途《いちず》な愛をね……この前の巻では皇帝陛下は踊り子を正妃にしたいのに、妃嬪たちの嫌がらせと宮女たちの画策で、踊り子が罠《わな》にかけられて……ああ、あの踊り子は正妃になれるのかしら……皇帝陛下との愛を貫けるのかしら……！」

はあ、と花琳は胸に手を当ててうっとりとしたように空を仰ぐ。

最近花琳は物語を読むのに夢中であった。冰にはそれほどたくさんの書肆《しょし》——本屋があるわけではないから、そういった流行の物語の書物は多くないのだが、それでも新しい物語が入荷すると聞くとあの手この手を使って入手していた。

特に燎芳《りょうほう》という作家の作品がことごとく面白く、その中でも今一番夢中になって続刊を待っているのがこの『桃薫伝』なのである。

しかし、今回旅に出向くことになったため、『桃薫伝』の続きが読めなくなったことが心残りだった。

（あと数日で入手できたかもしれなかったのに……！　悔しい）

でも、と花琳は思った。よく考えてみると、我が故郷よりこの哥のほうが大きな書肆はたくさんあるだろうし、なにしろ文化の都。おそらく品揃《しなぞろ》えだっていいはずだ。

（じゃあ、もしかしたら『桃薫伝』の続き、第五帖《じょう》だけじゃなく、その続きもあるかも）

ハッとして、書肆がこの近くにないかとあたりを見回した。

「――あのですね花琳様。もしや花琳様にもそういう運命の恋が待ち受けているとお考えですか」

白慧に冷たい視線を注がれる。

「そりゃあもちろんよ。いつか私にも麗しい殿方が現れるの。そして牢獄のような後宮から私を連れ去って情熱的な恋とめくるめく愛の日々を……」

「あり得ません」

花琳の妄想語りを白慧の声が阻む。きっぱりと、そりゃあもうきっぱりと。一切の感情を排した吹雪《ふぶき》のような冷たい声で。

「白慧……なによ、人がせっかく夢を語っているときに」

「妄想も結構ですが、現実を直視なさいませ。ですが……確かにそうですね。花琳様の身の上を考えますと、同情すべき点は多々あると存じます」

コホン、と小さく咳払《せきばら》いをしながら白慧は口にした。内心でニヤリとしたのはもちろん花琳だ。――が、問屋はそう簡単には卸さないもの。

「ですが、それはそれ。これはこれ。花琳様、現在のわたくしたちの立場を考えると、目立つ振る舞いはなりません……よって、寄り道は禁止とさせていただきます」

行きますよ、と花琳は白慧に引きずられるように連れていかれる。

「えー！ ちょっとだけ！ ねえ、ちょっとだけでいいからあ！」

「いけません。目立つことはおやめください、と申し上げましたはずです。……だいたいわたくしがこのような格好をしているそもそもの理由をお考えください。目立つことなく旅を続けたいためでございましょう？ 花琳様がここではしたなく大声を出して目立ってしまえば元も子もありません」

言って、白慧は再び大きく溜息をついた。

「はしたないって、ひどいこと言うわね」

「事実を申し上げているだけでございます。お元気なのも結構ですが、それでは花琳様のおっしゃる運命の方にも嫌われてしまいますよ。もしそういう方がいらっしゃるなら、ですが」

運命の人なんかいるわけがない、とばかりに白慧は木で鼻をくくったような言い方をした。花琳とてそんなことは百も承知だ。けれど夢くらい見てもいいじゃない、と生まれてから今まで、さほど大事にもされてこなかった姫としては思う。

ともあれ、そのあまり日の目を見なかった姫がなにゆえ、たった一人の侍女（と一匹の犬）とともにこの哥の街をほっつき歩いているのか。

「もう、意地悪なんだから。別にいいでしょ。ここは氷ではないのだし。それに氷の公主がお忍びでこんなところを歩いているなんて、誰も気がつきやしないわ。お忍び用に襦裙《じゅくん》だって地味にって言われたのを守っているのに」

ほら、と花琳は着ているものをひらひらと揺らすと、くるりとその場で回ってみせた。

「あーあ、私ももっとあんな可愛いのを着たかったなあ」

チラッと横目で、店頭に並ぶ美しい布地を見た。それは桃色の地に金糸で刺繡がされていて、若い花琳にはきっととても似合うだろう。

公主という立場なら本来牡丹《ぼたん》のような鮮やかな色合いのものを着るべきなのだろうが、なにしろ人目については困るとのことだ。よって、どこの田舎娘《いなかむすめ》かというような地味な襦裙をまとっている。

「ですが、不埒者《ふらちもの》がいないとは限りません。もう少し注意を払っていただかないと」

「もお、ほんっと白慧って頭が堅いわよねえ。せっかく龍江の花、笙の都哥にやってきたのだし楽しまないと損じゃない。白慧だって、その姿なら中身が宦官《かんがん》だなんて誰も思わないんだから、少しくらい羽目を外したっていいのよ」

そう、白慧は花琳付きの侍女ではなく、宦官であった。

外見はそこいらの美姫真っ青の美女だが、中身は男である。といっても、男の『証《あかし》』はないので、はっきり男と言っていいのかどうかは判断に困るところだが。しかしそれがないために、中性的な美しさが増し、なんとも妖艶な美女に仕上がっている。

「わたくしのこの姿は不可抗力です」

不本意、と言わんばかりの不機嫌な声を出しながら白慧が口にする。

「不可抗力って。とってもよく似合っているわよ。ほら——見て。あちらの殿方がさっきから白慧のことをちらちらと見ているでしょ。あれは白慧の美貌に見とれているんだわ。私から見てもすごく美しい女性だと思うもの」

にっこりと花琳は笑みを浮かべる。

「——殿方に好かれてもあまりうれしくありませんよ、わたくしは。仕事ですからこのように女人の姿にもなりますが」

「そんなこと言っちゃって。結構ノリノリで女装したじゃない」

ふふっ、と花琳は白慧が衣装を選んでいたときのことを思い出し、笑う。

なにかにつけて完璧主義の白慧は女装まで完璧を極めようとし、領布の色から裙《もすそ》の見え方までなにからなにまでこだわったのだ。

「うかつな真似《まね》でボロを出したくはありませんので。ともかく、この笙を抜けなければ喬《きょう》に行くことはできないのです。そして他国の方々にわたくしどもの旅と行き先が知られてはなりません。特に繹《えき》の者には。ですからよけいな詮索をされては、冰のこれからに関わりますからね。わたくしたちはあくまでも寺院参拝のための旅、よいですね？」

「はいはい」

「はい、は一回」

ジロリと睨《にら》まれ、花琳はぶすっと膨れる。

「花琳様」

「は！　い！　わかってますって！」

雑に返事をすると、白慧は呆《あき》れたように眉を寄せた。これ以上、花琳に説教をするのは無意味だと踏んだのだろう。人の多い往来でガミガミと叱ったところで、ただ無駄に目立つだけだ。目立つなと言った手前、それは避けたいのだろう。

ともあれ、手を引かれ花琳たちはその場を後にした。

花琳は笙を抜けた先にある、喬という国へ向かう途中であった。

喬は山に囲まれた国で、その険しい山々が僧の修行にはうってつけなのか、大きな寺院が国中いたるところにある。その中でもひときわ大きな寺院へ花琳らは参拝に出向く、ということになっている。……表向きは。

表向き、というのは本来の目的は参拝だけではないからであった。

実は花琳はこれから喬の王太子へ輿入れするために、彼《か》の国へ向かっているのである。

氷の公主が喬の王太子へ輿入《こしい》れ、ということはそれなりに大事なことであり、それゆえ貢物を持参し、大勢の家臣を従えて、出向くのではないかと考える。——普通は。

しかし、なぜこのように従者が宦官一人と犬のみというおよそ公主らしくない、ひっそりとした隠密行動にて喬へ向かっているのかというと、事情があった。

この大陸にはいくつもの国がひしめき合っており、常にあちこちでつばぜり合いが行われている。一触即発で戦になだれ込もうという国々ももちろんある。

ことに大陸で一番の大国、繹。

この国が実に厄介極まりないのである。元々、花琳の国である氷も、そしてこれから出向く喬、また今立ち寄っている筀も繹とさほど変わらない規模の国であった。

むしろ、交易国として西域にも名高い筀や、数々の大寺院を有していた喬のほうが繹よりもずっと影響力は大きかった。

その均衡が崩れたのは十数年前。北方にある繹は元々気候が厳しく、また土壌も豊かではなかったため、貧しい土地柄であった。その繹に新しい王が立ったのだ。

繹の新王黄鵬《こうほう》は周辺諸国を戦で奪い取り、暴力で民を支配しはじめた。圧倒的な軍事力で次々と周囲をねじ伏せ、拮抗《きっこう》状態を保っていた喬や筐にまでも牙をむいたのだった。

筐は十年前の黒檀山《こくたんさん》での戦にて負けを喫し、繹の属国となった経緯がある。また喬は属国とまではならずとも、それまで有していた僧兵の軍隊を壊滅させられ、そのため大幅に軍事力を削《そ》ぎ落とされた。現在はただ信仰の国として生きながらえているに過ぎない。

また花琳の国である冰の国土はさほど広いわけではないが、内陸の筐や喬と違って海を有している。そのため、繹も手を出し倦《あぐ》ねているようで比較的繹の影響からは逃れられている。とはいえ、外的な圧力をかけられはじめているのは否めない。それというのも、冰という国は製鉄業が盛んであり、武器製造にかけては右に出る国はないと言われているかららで、それゆえ繹は喉から手が出るほど、冰という国を手に入れたいと願っているらしい。

だが、筐のような属国には成り下がりたくないと、冰の王は考えている。

そこに、喬から縁談が持ち上がったのだ。

喬ではひっそりと軍備の拡充を行っているらしく、さらなる軍事力強化のために冰との繋《つな》がりは重要と考えたのだろう。王太子が年頃とあって、縁談を持ちかけてきた。

「ねえ、白慧。今回のこの話、お互いの利益の一致だったっていうのはわかるんだけど、喬の影響力って冰のためになるわけ？　なんか随分力がなくなったって言うじゃない？」

「そうですね。確かに落ちぶれたとはいえ、それでもまだ喬の影響力は大陸では大きいのですよ。ことに信仰の中心でもありますから、民衆の団結力はどの国よりも強固です。それだけでなく、寺院間では情報伝達も早いですからね……大陸中に情報網が張り巡らされてるのと同じことですし」

「ふうん。そういうことなのね」

「ええ。ですから喬が氷を利用するというなら、氷側も利用しない手はないということです。手を結べば繹への牽制《けんせい》となるでしょう？」

なるほど、と花琳は納得する。そういう理由で花琳を後宮に差し向けることで合意したわけだ。

手を結べば繹への牽制になると白慧が言ったとおり、繹はおそらくこの縁組みをよしとはしない。知ればなんらかの妨害に出てくると考えられた。根拠は数年前、他国にて今回のような政略結婚が執り行われようとしたが、輿入れの寸前で、王太子と姫君がどちらも暗殺されるという事態に陥ったことだ。表立って皆口にはしないが、誰しも繹の謀略と考えていた。というのもその後すぐにどちらの国も繹の侵攻に遭ったからである。それぞれの国の中枢が混乱している間に、兵を進められたのだ。

それゆえ、今回喬と氷では極秘裏にこの話を進めることとしたのだが、一日でも早く花琳を輿入れさせたい氷側の思惑と裏腹にそうはならなかった。というのも喬のしきたりとして、婚儀の前に寺院で祈禱《きとう》をひと月の間受けなければならないのだ。

「でも祈禱ってなによ。ほんと変なしきたり」

「仕方がないでしょう。古い国ですし、信仰に篤《あつ》い国ですゆえ。儀式が重んじられるのは当然でございます。こんなこと序の口ですよ。宮中に入ったら行事のたびに様々な祈禱があると聞きました」

「えーっ、これ以上まだあるの？」

うんざりしたような顔をして花琳は溜息をついた。この時点でもう行く気がほとんど失《う》せている。

「そのうち慣れますよ」

人ごとだと思って、と花琳は白慧を恨めしそうな目で見る。

いくら花琳が嫌だと言ってもここで引き返すわけにもいかない。おまけに白慧の言うとおり、喬に入るまで油断は禁物である。このことが繹に知れてしまえば、なんらかの妨害を受けることになる。最悪、花琳は命を落としかねない。

そんなわけで、こっそりひっそりと喬へ入ってひと月の間祈禱を受け――そして来《きた》る婚儀の日を迎える……ということになったのだ。

極秘に入国、という以上、大仰な旅支度はできない上、最低限の従者で旅を進めなければならない。

結果、幼い頃から花琳の面倒を見ている宦官の白慧と愛犬の風狼、そして連絡係兼先遣隊として数人の従者という一行で喬へ入ることにしたのだった。

白慧は非常に賢い上、武芸にも長《た》けている。拳法の使い手でもあり護衛にはうってつけであるが、道中宦官の姿ではよろしくないという理由で、変装しているのである。

正体がバレないように喬へ向かうというのは、なかなか困難なことだった。なにしろ冰から喬への道のりはかなり厳しい。険しい山道を行き、山越えをするか、あるいは喬の隣国である筐を抜けるより他ない。女性の足で向かうとなると、山はやはり山賊も現れるし、獣の数も段違いで危険が多い。となれば、筐を抜けて向かうほうが格段に楽なのである。

かなり遠回りではあり、また人目にもつきやすいが、花琳へ及ぶ危険を回避するためには妥協するしかなく――諸々の面倒事がありつつも、どうにかこの哥へようやくやってきたのだった。

花琳にしてみれば、憧れの都である。浮かれてしまうのも当然と言える。

なにしろ見るもの聞くものが目新しく、美しく華やかだ。無骨な鉄だの火薬だのに囲まれている冰とはまったく趣が異なる。

(そりゃあ、一年一度の花火の宴《うたげ》はきれいだけど)

火薬の扱いに長けている冰では、花火の技術もとても高い。ゆえに、一年に一度、盛大な花火大会が行われ、国を越えて大勢の人が見に来る。

それは自慢ができるものの、哥の都の恒常的な美しさとはやはり違う。なのでついつい、目がきれいなものを追ってしまうのだった。

「花琳様、ここからは大変混雑いたします。どうか、わたくしからはぐれないようになさいませ。念のため手を繋ぎましょう」

「嫌よ。手なんか。子どもでもあるまいし」

「花琳様、いけません。言うことをお聞きください」

「嫌だってば」

花琳は白慧の手を振り払うと、一人で歩きはじめた。後ろから風狼がついていく。

今夜はひとまず白慧と繋がりのある者が、この哥の都で商いをしているとのことでその者の屋敷に宿を求めることになっているのだが、屋敷に行くためには蓬莱街を突っ切っていかなければならないらしい。

とはいえ、この人だかり。

冰ではとても考えられないほどの人の往来に、花琳は目を丸くするばかりだ。けれど、道の両側を占める店に並べられている品物を見れば、押し寄せる人々の気持ちもよくわかる。これだけ豊かな品物が並んでいたら、国境を越えてでも買い物に出かけたくなるだろう。

蓬莱街の中央まで来ると、混雑がさらにひどくなる。ぎゅうぎゅう詰めの人の波に押し流されるように歩く。本当に人が多い、と呆れたようにきょろきょろしていると、誰かが花琳にドン、とぶつかった。そこで気を取られた隙に白慧が少し先まで行ってしまう。

「白慧、ちょっと待って」

声を上げたが、ざわついた人混みとちょうど言い争いをしている男たちの声に阻まれ、白慧は花琳の声に気づかない。

「白慧!」

さらに呼んだが、今度は花琳が人の波に流されてしまい、白慧の姿を見失ってしまった。おそらく白慧からも小柄な花琳は人の波に埋もれ、姿も見えないに違いない。こんなとき小さいというのは困ったことだ。

「手……繋いでおけばよかった」

白慧の言ったとおり手を繋いでおけばはぐれなかったのに、と花琳は後悔する。

なんとか人混みを逃れるように路地へ入ったものの、今自分がいる場所がわからない。

ワン、と風狼が自分はここにいると吠えて主張した。

「よかった。風狼はついてきてくれたのね」

白い毛をモフモフと撫《な》でると、風狼は尻尾《しっぽ》を振る。

風狼は花琳の側を離れることはなかったらしく、それだけは安心したがここから白慧に追いつくとなると……。

ひとまずここを抜けなければ、どうにもならない。風狼と、比較的人の密度が低そうなあたりを歩きながら、ようやく一番混雑しているところを抜け出ることができた。人の波に揉《も》まれたせいで疲れてしまい、書肆を探すこともすっかり頭から抜けてしまっていた。それよりここはどこだろう。

「きっとまた白慧に叱られちゃうわね」

肩を竦《すく》める。

不可抗力の出来事だ。おそらく白慧も今頃は花琳を捜し回っていることだろう。

「とにかく白慧を見つけなくちゃ。——風狼、あっちに行ってみましょ」

引き返してもまたあの人混みに埋もれてしまうことになる。それよりどこかでじっと待っていたほうが白慧も捜しやすいはずだ。

「なんでこんなに人がいっぱいなのかしら。嫌になっちゃう」

はあ、と溜息をつく。

大声で話をしながら歩いている人々や物売りの声、様々な音が花琳の耳に入ってくる。ほんの微《かす》かな音でも聞き分けられるほど、耳のいい花琳なら、白慧の声がしたらきっとわかるはずだ。

耳をすませてあたりの声を拾ってみるが、飛び込んでくるのは「喬で妙な流行病《はやりやまい》が蔓《まん》延《えん》してるようだぜ」とか「そうそう、妓女が屋根から飛び降りたんだろ」とか「ああ、なんでも踊り続けて死んじまったらしい」などという下世話な話ばかりだったが。

一瞬、喬、という言葉が聞こえたし、踊ったまま亡くなるというのはどういうことだろうと気になったが、話をしていた者はすぐに通り過ぎてしまったためそれ以上は聞けずじまいだった。

「歩き回っても迷うだけだし……仕方がないわね」

花琳は風狼とともに通り沿いにある一番大きな建物の前で白慧を待つことにした。ここなら、目立つし人の流れもよくわかる。——と思ったのだが。

「ちょっとあんた、邪魔よ。ここでなにしてんのよ」

やけに派手ななりの大姐《だーじえ》が花琳を睨みつけてくる。

どうやら花琳は店の入り口を塞《ふさ》いでいたらしい。すみません、と謝って立ち去ろうとすると大姐はにやりと笑って花琳の腕を引いた。

「……ってあんた、おぼこいけど上玉ねえ。ここに立ってたってことは、うちの店で働きたいってことよね？　あんたならすぐに客もつくわ。ちょっとこっちにいらっしゃいよ」

そう言って大姐は花琳を店の中へと連れ込もうとする。

「あの、ここはどのようなお店なのでしょう」

「なに言ってんのよ。わかって来てんでしょ。廓《くるわ》に決まっているじゃない。そうやって初《う》心《ぶ》なこと言って。働き口を探してやってきたのはわかってんのよ。そんな汚い犬を連れてるし、着ているものはパッとしないし」

廓と聞いて、花琳はまじまじと建物を眺めた。

なるほどこれが廓というところか。艶やかでとてもきれいな建物だと思っていたがそういうことだったのか、と納得する。

また、大姐の言葉に花琳は少しカチンときたものの、確かにこのような地味な襦裙を着ている者が貴族の娘であるはずはないと思うのは理解もできる。風狼も好き好んで埃《ほこり》まみれになっているわけではなく、長旅で汚れてしまっただけだ。

「申し訳ありませんが、ともの者とはぐれてしまっただけですので、こちらでお世話にならずとも結構です」

「そんな気取った口をきいて。……ふうん、でもそういうお上品ぶった口がきけるってことは、金持ち相手もできるかもね。じゃあ、やっぱりあんたを逃したくないわねえ」

強引に大姐が花琳の腕を引く。彼女は花琳よりも上背があり、華奢《きゃしゃ》な見た目に反してかなり力が強い。ぐいぐいと強引に廓の中に引き込もうとする。

「風狼！」

花琳の号令で風狼は大姐に飛びかかった。いきなりのことに大姐は怯《ひる》み、花琳を手放す。その隙に花琳は「風狼、こっち！」と叫びながら逃げ出した。

追いかけてくるかもしれないと思ったため、後先考えずただ必死で走る。気がつけば、自分がどこにいるのかまったくわからなくなり、完全に迷子となってしまっていた。道を聞こうにも、どう説明すればいいのかさえわからない。

「やだ……どうしよう……白慧も捜せないし……」

不安な気持ちを抱えつつ、花琳はうろうろと歩き回る。風狼もそんな花琳に寄り添うしかできないとばかりに足元にすり寄るだけだ。

「嬢ちゃん」

突然、背後から声がした。粘っこい口調のそれにひどく嫌悪感を覚える。ゾッとした。うかつにも気配に気づけなかったのは、たぶん迷って混乱していたせいだ。

返事をしてはいけないと、花琳の頭の中で警鐘が鳴った。

その花琳の動揺が伝わったのか、それとも声の醸し出す不穏な空気を察したのか、風狼が呻《うな》り声を上げる。

足音が近づいてきた。しかも足音は一人のものではなかった。

思わず振り返ると、男が三人。二人は身体《からだ》が大きく、もう一人はそれほどではないものの、目つきが蛇のようで不気味だ。

悪い予感は当たるものと相場が決まっている。嫌だ、と思った瞬間、近づいてきた男の手がにゅっと伸びてきた。

「いやーッ！」

花琳は甲高い叫び声を上げる。

男たちは花琳を抱き上げようとする。一瞬ふわっと身体が浮く感覚に怯《おび》えた。地に足がついていないということがどれほど不安をかき立てるのか。花琳は助けを呼ぼうと必死で叫んだ。が、周囲の人たちは面倒事に巻き込まれたくないとばかり、遠巻きに見ているだけだ。

「おとなしくしてな。悪いようにしねえから」

浮いた足をばたつかせてせめてと抵抗する。とはいえ、当然だが小娘が暴れても彼らには痛くも痒《かゆ》くもない。

「無礼な！　離しなさい！　なにするのよ！」

花琳は負けじと大きな声を出した。自分の叫び声で白慧が気づいてくれないかと考えたせいもある。

白昼堂々、通りのど真ん中で数人の大柄な男に無理やり少女が連れ去られようとしているというのに、街の人々が誰ひとり助けてくれないことが悔しい。

「風狼！」

花琳が叫ぶと、風狼は男たちに飛びかかった。

「うわっ！」

風狼は俊敏な動きで、男たちの一人に体当たりを食らわせると尻餅《しりもち》をつかせた。さらに花琳を離せと言わんばかりに屈強な男の腕に噛《か》みつく。

「くそっ！」

だが、相手は複数だ。しかも短剣や棒を振り回し、風狼を蹴散らしにかかる。彼は威嚇するように喉を鳴らし、勇敢に立ち向かっていた。とはいえ多勢に無勢。いくら風狼が男たちを攻撃しても、その隙を縫って花琳を連れ去ろうとする。

花琳も気丈に叫び、抵抗して、じたばたともがいたが、呆気《あっけ》なく男の肩に担ぎ上げられてしまった。

「離して！　離してって言ってるでしょ！　無礼者！　――誰か！　助けて！」

叫び声を上げて助けを求めるしかできない。

するとそのときだった。

「虞淵《ぐえん》！」

ふいに誰かの声が聞こえた。と思うやいなや、目の前に一人の大柄で逞《たくま》しい身体つきの男が現れた。そしてあれよあれよという間に花琳を取り巻いていた男の一人がどこかへ吹っ飛んでしまった。

なにが起こったのか、と目をぱちくりさせていると、その大柄な男はもう一人の男の腹に拳を入れ、さらに足を掬《すく》って手刀で首の付け根を打ち、地面に転がしてしまう。

それだけではない。花琳を担ぎ上げていた男が逃げようとすると、俊敏な動きで駆け寄って男の襟首を摑《つか》みその太い腕で花琳を取り返した。

「大丈夫か」

助けてくれたその男に訊《たず》ねられ、花琳はこくりと頷《うなず》いた。だがすぐさま花琳を拐《かどわ》かそうとした男たちの仲間らしい別の輩《やから》が現れて取り囲もうとする。

「……ったく、次から次へと」

花琳を助けた男は呆れたように呟《つぶや》く。いくら男が強くても、今度は大人数だ。しかも長剣、短剣などの武器も持っている。果たして今のようにうまくいくのか。

「お嬢さんはこちらに」

この修羅場に似合わない涼やかな声とともに、やけに美しい青年が現れた。

灰青の袍《ほう》は地味な色ながら、その生地はよく見ると上質なものであるし、長靴《ちようか》は革のなめしも美しく、一目でよいものだとわかる。しかもそれを身に着けているこの男の顔ときたら、面長で形のよい眉に通った鼻筋、そして切れ長の目。どの部品も完璧に配置されており、非常に整った顔立ちである。しかも艶のある髪を頭頂で丸め、品のいい簪《かんざし》でまとめている。そしてなにより魅力的なのが彼の瞳だった。とても不思議な色――金色の瞳を持っている。それがまた彼の美しさを妖しく引き立たせている。

（やだ……！　こんなにきれいな方、今まで見たことない……！）見れば見るほど完璧な造形の顔。そしてその男はこの危機にもかかわらずにこにこと笑っている。

「安心してよいですよ。さ、こちらに参りましょう」

美しい男は花琳の手を引く。

「えっ……」

「大丈夫です。虞淵は強いですからね」

もう一度彼は美しい笑顔を見せた。

どうやら虞淵というのがあの大柄な男の名前のようだ。

「あ……はい」

「さ、そちらの勇敢な犬くんはお嬢さんを守ってくれるかな？」

花琳の側にいた風狼に彼は話しかけ、風狼は心得たとばかりに、ワン、と大きく一声上げた。

「煌月《こうげつ》、そっちは任せるぞ」

大柄な男――虞淵は振り返って、きれいな男に言う。こちらのきれいな男は煌月という名らしい。

（ん……？　こうげつ……って確か……いや、人違いよね。だって……）

一瞬、煌月という名前に聞き覚えがあったような気がしたが、人違いだと思うことにした。それよりも今はこの状況を打破しなければ。

「心配なく。虞淵もへましないでくださいね」

「愚問だ」

虞淵は花琳と煌月が一緒にその場を離れるのを目にした後、狼藉者《ろうぜきもの》らへ向かっていった。強い、と煌月という男が言ったとおり、虞淵はまるで赤子の手をひねるように目の前の狼藉者を片づける。

「こっちだ！」

見た目優男風の煌月を相手にするほうがたやすいと思ったのか、狼藉者の一人が長剣を手にして煌月へ向かってくる。

「安心して。さ、私の後ろにおいでなさい」

煌月はやさしく花琳へ声をかけると、足元に落ちていた木の棒を拾い上げた。向かってくる男をひらりと躱《かわ》し、見事な棒さばきで男を打ち据える。しかし相手の男も手練《てだ》れであった。すぐさま体勢を立て直す。

「きゃっ！」

花琳を奪おうと、力任せに襲ってくる男に今度は風狼が嚙みつく。煌月は嚙みつかれて怯んだ男の喉を木の棒の先で勢いよく突いた。いくら屈強な男とはいえ、急所を突かれ、もんどり打って倒れ込む。その隙に煌月は花琳を連れて、建物同士の隙間に身を潜める。

物陰から虞淵の戦う様子を窺《うかが》った。

「手こずっているな……」

さらなる応援が現れたことと、その中にどうやら武道の心得がある者がいる。身のこなしが明らかに素人《しろうと》ではない。だが虞淵も相当の武器の使い手のようだ。相手の棒を奪い、流れるような所作で多人数の相手をしていく。そして時間はかかっているものの、確実に仕留めていた。花琳にはよくわからないが、虞淵の身のこなしは美しい。まるで舞を見ているかのような流麗な棒術の技は、おそらく相当鍛錬を積んでいると思われた。その上実戦にそれを生かしている、となると、これだけの人数が相手でも彼にとっては造作もないことなのだろう。

「すごい……。あの方は強いのね……」

花琳は思わず感嘆の声を漏らした。

「そうですね。まあ、あのくらいは当然できなくてはならないのだけれど。じきに決着がつきますから心配ありませんよ」

虞淵が勝って当然、と煌月が言う。戦いぶりを見ればそれもそうかと思えるが、確信しているところを見ると、よほど彼の腕を信頼しているようだ。

煌月が心配ないと言ったように、やはり虞淵の相手には力不足だったようだ。多少の歯ごたえはあったようだが、ほどなくすべて蹴散らしてしまった。

「もう出てきていいぞ」

あたりに曲者《くせもの》の気配がなくなったところで、虞淵は隠れている煌月たちに向けてそう言った。煌月は花琳の肩をそっと抱いて、隠れていた物陰から姿を現す。

虞淵は息も切らさず、汗のひとつもかいていない。彼にとって今の戦いは手遊び程度のものだったのかもしれない。

「……ただのならず者というわけではなさそうだな」

「ああ。それなりの腕の者がいた。あれはかなり実戦での経験がありそうだ」

虞淵も認めるほどの腕前の男がいたというのは煌月も気になったようで、しばし口を閉ざした。そしてそういう輩に自分は連れ去られようとしたのだ。

「助けてくれてありがとうございます」

花琳が煌月と虞淵に礼を言う。

それにしても見れば見るほど、不思議な人たちだ、と花琳は思った。

一人はやけに雰囲気のある麗人だし、もう一人は剛の者。笙という国はこのような人間が気軽に街中を歩いているらしい。

(我が国では考えられないわね。やっぱり冰って地味なんだわ)

故郷ではこのような華やかな人間が貴族や高官にいるかどうか……そう考えると、やはり名だたる都は違うと花琳は感嘆の息をつく。

埒《らち》もないことを考えていると、心配そうに煌月が声をかけてきた。

「怖かったでしょう。よく頑張りましたね。とても気持ちがお強くていらっしゃる」

「だって、お二人がいてくださったでしょう？　いらっしゃらなかったらどうなっていたかと思うとゾッとするわ」

大勢の男たちに囲まれて、確かにはじめは恐怖心でいっぱいだった。だが、彼らのおかげで無事でいられる。改めて、あのままどこかに連れ去られると想像しただけで背筋が寒くなった。

「いえいえ、美しいお嬢さんをお守りできて光栄です」

恭しく煌月がお辞儀をした。それとほぼ同時にワン、とともに戦った風狼が花琳の元へ駆け寄ってきた。うれしそうに花琳へ飛びかかってくる。

「風狼！　よかった、無事ね……いい子」

花琳は風狼を抱きしめて撫でる。風狼も安心したように花琳に身を委ね、尻尾を大きく振っていた。

「風狼というのか。随分勇敢だな、おぬしの用心棒は」

「ええ！　風狼は私の守護者なの。必ず私を守ってくれる大好きな友達よ」

虞淵も風狼へ触れる。風狼もともに戦った虞淵のことを同士とでも思っているのか、気を許しているように素直に身体を撫でさせていた。

「おや。お嬢さん、血が」

煌月が花琳の手を見てそう言った。

見ると手の甲に傷がついている。男たちに強引に連れ去られようとした際、傷ついたようだ。

「たいしたことないわ、こんな傷」

「私に見せてごらんなさい。あなたのきれいな手に傷は似合いませんよ。それに悪化しては大変です。小さな傷だと思って侮ってはいけません。ね？」

煌月にやさしく微笑《ほほえ》まれて花琳の胸が大きな音を立てる。頬もなぜかカッと熱くなった。

なんだかくすぐったい気持ちになってしまう。

（やだ……これって、『桃薫伝』の皇帝陛下みたい……！）

美青年に間近でやさしく微笑まれるなんて経験は今まで花琳の身の上にはなかったことだ。しかも暴漢から救ってくれたというこの局面において、まるきり自分が物語の主人公にでもなったような気分になる。

（このままこの煌月様と恋に落ちてしまったりして……！　どうしよう！）

ほわん、と夢見心地な気分でいると、さらに彼に顔を覗《のぞ》き込まれた。しかもよくよく見ると煌月の瞳が――。

（わ……金色の瞳なのだわ……。なんてきれい……）

彼の不思議な目の色に見入ってしまう。

美形が間近にいるという非現実的な状況に花琳はどぎまぎとした。

「傷が残ってしまいますよ？　さあ、お見せください」

「……それじゃあ」

油断すると緩んでしまう表情をなんとか抑えながら、おずおずと花琳が手を差し出すと、煌月は跪《ひざまず》いて手際よく手当てをはじめた。

（殿方に手を触られたって白慧に知られたらまたお小言かしら。……でも、ほら傷の手当てだけなんだし）

自分に言い訳をしながら花琳は煌月の手当てを受ける。

だが彼が懐から出した軟膏《なんこう》を見て、その色の黒さにぎょっとして、いきなり現実に引き戻される。いくらなんでも恋物語に真っ黒い軟膏は出てこないだろう。

「よく効く傷薬なのですよ」

にこやかに煌月は言うが、まるで墨でも練ったように真っ黒だ。

「へえ、それが例の」

そこに虞淵が横から口を出してきた。

「ええ、この前買い求めた王不留行《おうふるぎょう》という生薬を黒焼きにして調製した軟膏ですよ。これがあればどんな傷でも一晩できれいになります。お嬢さんのこんな傷くらいなら痕《あと》なんか残りませんからね」

王不留行だの黒焼きだのと、花琳にはちんぷんかんぷんな言葉を羅列する煌月だが、手際がとてもいい。もしかしたら医者なのかもしれない。

と思っていると、虞淵が覗き込んで口を挟んだ。

「へえ、じゃあ、俺にもちょっと塗ってくれないか」

差し出した虞淵の腕には、ほんの少しのかすり傷がある。

「そのくらいの傷なら、ツバでもつけておけばいい。薬を使うまでもないですよ」

煌月はちらっと見ただけで虞淵には冷ややかな態度を取る。

「冷たいなあ」

そう言いつつも、二人の間には険悪さはまったくない。むしろ軽口を叩《たた》き合うほど気が置けない仲なのだろう。

「この薬は貴重ですからね、こちらのお嬢さんのように可愛らしい方ならともかく、めったやたらに使いたくはありませんよ。だいたいおまえに使ったらいくらあっても足りない」

はあ、と呆れたように言いながら、煌月は花琳の手の甲に軟膏をすり込み、手巾で傷口を覆った。

「さ、これでいいでしょう。明日にはかなりよくなっていると思いますよ」

にっこりと花琳に向けて煌月が微笑む。その笑顔のあまりの麗しさに、花琳はほうっ、と吐息を漏らした。

ちら、と何気ない流し目だけでどれほどの女人を虜《とりこ》にするか知れない。現に花琳もちょっと見つめられただけで、うっかり頬を染めてしまうのだ。

（あ〜、ほんっと、きれいなお顔……。輿入れ先の王太子殿下がこんな美形だったら、私も文句は言わないのに。ひと月の祈禱だって我慢するんだけど）

なにが悲しくて、一度も訪れたことがない国の、一度も顔を合わせたことのない王太子に嫁がねばならないのか。しかも宮廷に入る前にひと月も祈禱するなんて、面倒くさいにもほどがある。

それに美形の王太子なら、国を越えて評判になっているはずである。なにしろ、ここ笙の現王はたいそうな美男だという噂《うわさ》なのだ。

（だけど笙王って、顔はいいけど、ぼんくらだって評判なのよね。そこが残念といえば残念かな。顔も頭も、っていうわけにはいかないのかしら。ま、どっちにしても私には関係ない話だし。ん……？　笙王って……確か……お名前を蔡《さい》煌月と——）

蔡煌月——というのが、この笙の王の名前だったはずである。

そして今目の前にいるこの美青年の名も煌月と言う。花琳にはなんとなく偶然とも思えなかった。

(え……⁉　ええっ⁉　まさか、いえ、そんなわけあるはずがないじゃない。だって陛下がこんなふうに気軽に市中を歩き回っているわけが……)

だが、と花琳ははたと考える。

自分とて、氷の公主である。その自分がここでうろうろしているのだから、笙王がふらついていてもおかしくはない……たぶん。

「……さん、お嬢さん」

ぼんやりしていると、煌月に声をかけられた。ハッとして振り返る。そこにはやはり美しい顔。

(ああ、もう！　なんて美しいのかしら。星のきらめきのような瞳も、白磁のようなお肌も、上品ででも凛々《りり》しい眉も文句なし……！　美とはかくあるべきという見本だわ)

ついつい煌月の顔に気を取られてしまうが、呼びかけられていたことを思い出す。

「あっ、は、はい！」

かろうじて返事だけはしたが、すっとんきょうな声が出る。一国の公主であるはずなのに、この体たらく。気恥ずかしさにカアッと顔が赤くなった。

なのに、煌月ときたら「突然お声がけして申し訳ありません」と花琳を気にかけてくれるのだ。なにからなにまで完璧な人だ、と花琳は感心する。

おまけに煌月が次に発した言葉はこうだった。

「この先もなにがあるかわかりません。それゆえ、私どもがお屋敷までお送りいたしましょう。どちらまで参りましょうか」

「えっ⁉ あ、あの……っ」

これは困った、と花琳は内心で天を仰ぎたい気分に陥る。

そもそも白慧がいなければ、これからどうしていいのかもわからないのだ。ましてや事情を話すことも憚《はばか》られる。まさか自分が氷の公主で、従者とはぐれて、ということをいったい誰が信じるというのか。おまけにここにやってきたのは喬の王太子との縁談のためだし、しかも内密ときている。

どうしたものか……と思案にくれつつ、引きつった笑いを煌月に返す。

「どうかなさいましたか？」

にっこりとこれまた無邪気な笑顔を向けられ、あー、と大声を上げたい衝動に駆られていると「花琳様！」と長身の女性――ではなく白慧が息を切らせて走ってきた。

「白慧……！」

駆け寄ってくる白慧の姿に、花琳はホッとする。安心したのか、へなへなとその場に崩れ落ちてしまった。

「花琳様、ご無事で……！　どちらへいらっしゃったのかと。あれほどはぐれるなと申しておりましたのに」

「ごめんなさい、白慧。でも白慧も悪いのよ。私とはぐれたのに気づかずにどんどん先を行ってしまうから」

「そこは私の落ち度でしたが、花琳様もよそ見ばかりなさっておりましたね」

「え、じゃあ、私が悪いっていうの？」

「そうは申しませんが。哥の都に着くなり、地に足が着いていないのは花琳様でございました。ですから、手を繋ぎましょうと申し上げました。勝手なことをされたのは花琳様でしょうに」

「なによ、その言い方。白慧がもう少し気を配っていたらよかったでしょ。もう！　すごく大変だったんだから！」

疲れたのと白慧の顔を見て安心したのと、白昼堂々攫《さら》われそうになったという事実とが一緒くたに訪れて、花琳はついけんか腰になる。……自分に落ち度があったのは百も承知だが、我が儘放題言えるのは白慧だけなのだ。

ひとつ間違えば、国の大事、氷だけでなく喬もだし、ついでに言うと現場は筌だったのだから、筌とも諍《いさか》いを起こす可能性があった。それもこれも祈禱だとか内密にだとか、込み入った事情のせいで、花琳はそれに巻き込まれただけなのに。

そんなにガミガミ叱らなくてもいいじゃない、と言いかけたとき、白慧が花琳の手に巻かれている手巾に気がつき、目を見開く。

「花琳様！　その手はどうなさいました……！」

白慧は慌てたように花琳の手を取った。

「そんなに慌てないで、白慧。ちょっとしたかすり傷よ。でもこちらの煌月様が手当てしてくれたの」

ね、と花琳は煌月のほうを向いた。

白慧は煌月に向かって深々と頭を下げる。

「私の主人がお世話をかけました。手当てまでしていただいたとは。花琳様もきちんとお礼申し上げて――あっ！　お召し物も泥だらけですし、こちらも破れて」

「転んだだけよ」

「嘘おっしゃらないでください！　転んだだけで、袍の裾がそんなにビリビリに破けるわけがありません！　なにがあったのか、白慧にお教えください！」

「だから、大変だって言ったじゃない」

ぷうっ、と花琳は頰を膨らませた。

本当にとんでもない目に遭ったのだ。

どこから話そうと思ったとき、「差し出がましいようですが」と煌月が横から割って入ってきた。

「失礼ながら、賊にこちらのお嬢様が拐かされそうになっておりましたので、私どもが少々手助けをさせていただきました」

涼やかな微笑みを浮かべて煌月がずいっと白慧の目の前に出る。

「そうなの！　この方々は私の恩人なの！　攫われそうになったところを助けてくださったのよ」

攫われそうになった、と花琳がはっきり言うと、白慧は目を大きく見開いた。

「花琳様……!?」

白慧の顔色が一気に青ざめた。さすがの白慧も驚いたのだろう。はぐれたと思ったら攫われそうになったなど、当の花琳も驚いているのだから。

「ど、どういうことですか!?」

「どういうこともこういうこともないわ。白慧とはぐれたら、廓に連れ込まれそうになるし、それを撒《ま》いたら、今度は攫われそうになったの。でも、こちらの方々が助けてくれたってわけ。それだけ」

かいつまんで話をしたが白慧には衝撃が過ぎたようだ。目を白黒させている。

「――煌月と申します。ちょうど通りかかったところで、花琳様が襲われておりましたので、これはと思いまして僭越《せんえつ》ではございましたが」

すかさず前に出て煌月が白慧へ丁寧に拱手《きょうしゅ》した。

「だから、私が無事でいられたのはこちらの煌月様と……えっと」

「そう、虞淵様のおかげなの。それで、煌月様には傷の手当てもしていただいたってこと」

「汪《おう》虞淵と申す」

ここまで話をして、ようやく白慧も事の次第を理解したらしい。そして己を落ち着かせるためか、呼吸を整えるともう一度花琳に向き直った。

「花琳様、事情はよくわかりました。ご無事でなによりではございました。ですがやはり勝手な振る舞いをなさったということはご自覚ください。あなたの一挙一動がいろいろな方に影響するのです。ひとつ間違えば、花琳様のためにこちらの方々がお怪我《けが》をなさっていたのかもしれないのですよ」

静かな口調だけに、やけに怖い白慧の前で花琳はしゅんとなった。

白慧の小言を聞いているうちに、徐々に事の大きさを実感し出す。

助けられたとはいえ、それまではとても怖い思いをした。今も白慧の前では平気な顔をしているが、まだ恐怖感は残っている。また白慧の言うとおり、彼らがずば抜けて強かったから、今こうして無事にいられるが、でなければ皆揃って怪我をしていたか、あるいは命を落としてしまっていたのかもしれないのだ。……自分の軽率な行動がどんな結果をもたらすことになったのか、身をもって知った。

「ですから、今後一切勝手な行動は許しませんよ。いいですね」

花琳は口を噤《つぐ》んで小さく唇を噛んだ。

白慧の言うとおりだ。

自分の国ではないこともあって、まるで足につけられていた枷《かせ》が外れたような、自由な気持ちに浸っていたのは確かなこと。

いい気になっていた、と花琳は素直に反省した。

「……ごめんなさい」

「おわかりになればよろしいのです」

諭すように花琳に言った白慧には、ただただ安堵《あんど》の表情が浮かんでいた。

彼もまた花琳の身を案じていたのだ。心配していたからこそ厳しい言葉になる。

自由にならない悔しさよりも、己の行動ひとつでたやすく運命が変わってしまうことへの恐れを抱いて欲しいと、幼い頃から花琳の側にいた宦官は思っていたのに違いない。

白慧は花琳へ説教を終えると、煌月と虞淵に向き直って頭を下げた。

「お二人には大変ご迷惑をおかけいたしました。また花琳様をお助けいただいたこと、心より感謝申し上げます。よろしければなにかお礼をさせていただきたいのですが」

「いえいえ、そんなお気遣いはご無用ですよ。ほんの少々手を貸しただけのことですから。それより、こちらの風狼が勇敢に花琳様をお守りしていましたしね」

「ああ……そうですね。風狼の主人は花琳様でございますので。お守りできてきっと風狼も満足しているでしょう」

「とても賢い犬ですよね。——ところで、異国からのお客様とお見受けいたしましたが、どちらからいらっしゃったのですか。こちらの花琳様のお召し物を拝見すると、冰風の仕立てですね」

煌月の指摘に白慧はわずかに目を見開く。冰風といっても普通はそれと気づかないものだ。締めている帯の結び方が少し異なるだけで、パッと見にはわからないと思うが、それを煌月は言い当ててしまった。

「よくおわかりになりましたね。わたくしも、花琳様も、喬にございます黄宝寺《こうほう》へ参拝の途中で立ち寄らせていただいたのです。喬には大事な用もございましたので……手当てまでしていただき、本当にありがとうございました」

「なるほど、黄宝寺へ。旅の途中に災難に見舞われましたこと、この筌の民として心からお詫《わ》び申し上げます」

喬の大寺院である黄宝寺は有名であり、喬の国内のみならず、大陸中から様々な者が参拝に訪れる。信仰というより、物見遊山を兼ねて訪れる者も多く、近頃それが流行のようだった。それゆえ花琳や白慧が異国からわざわざ参拝するというのは、なにもおかしいことではなかった。

それにしても花琳の衣服から冰からやってきたことを当ててみせる煌月に感心するしか

ない。よほど異国文化に詳しいのだろう。

「お二方にはご迷惑をおかけしました。もう大丈夫でございますので」

「そうですか。では私どもはここで。——あ」

虞淵とともに立ち去ろうとしたところで、なにか思い出したように煌月が振り返って口を開く。

「ひとつ……賊の中に相当の手練れがおりましたので、道中くれぐれもお気をつけて」

「重ね重ねありがとうございます」

白慧は深く頭を下げ、煌月と虞淵に礼を言った。

「よお、嬢ちゃん、気をつけて行くんだぞ。あと、風狼に世話かけさせんな。あいつはいい犬だ。俺の相棒に欲しいくらいだったな」

虞淵は別れ際に花琳の頭を撫でる。

なんだかまるで子ども扱いだ。いくらチビだからと言って、これはあんまりだろう。おまけにこの虞淵ときたら、さっきから白慧を見てぽわん、とうっとりした目になっている。きっと彼は白慧のことを女人だと思っているのに違いない。確かに、女装した白慧は色っぽい美女ではあるけれど……。

男の白慧に、色気で勝てていないとわかると、それはそれで傷つくものだ。なのでついつい八つ当たりをする。

「わかってるわよ。虞淵様、助けられたのは礼を申しますが、あなたもう少し女性の気持ちを考えたほうがいいと思うの。嬢ちゃん、だなんてとっても失礼よ」

つん、と花琳はそっぽを向いた。

「花琳様……！　申し訳ありません。失礼ばかり……」

あわあわと取り繕う白慧に煌月が口を開く。

「気にしないでください。虞淵は花琳様のおっしゃるとおり、女性の気持ちには疎いものですから。……失礼しましたね、花琳様。でも、年頃のお嬢さんが街にお一人でお出かけになるのはやはりとても危険ですよ。もうおわかりになったでしょう？　花琳様はとても可愛らしくていらっしゃるのだから、不埒な気持ちを抱く輩もそこいらにたくさんおります。ですから、どうぞお気をつけてくださいね」

花琳の手を取って、煌月が微笑みかける。

（ああ……なんて麗しい笑顔……。すっと爽やかなのに甘くて。でも……でも……これでお別れなのだわ……。縁談さえなかったら……うう……）

たとえばこの煌月が本当は笙王で、自分の輿入れ先が笙だったら、とありもしない想像をしてみる。この美しい殿方の後宮に入れるのだとしたら本望なのに、と妄想の翼をはためかせたが、自分がこれから行くのは寺である。

しかし本当に別れが辛い。きっともうこれほどの美しい殿方には出会えないことだろう。

やはり『桃薫伝』のようにはいかない。きっと運命の出会いではなかったのだろう。物語ははじまらず花琳の淡い恋物語は儚《はかな》く消え去ってしまった。

なのに白慧ときたら、そんな花琳の気持ちなど意に介さずに、ごくごくあっさりとした口調で「では、私どもはこれにて」と強引に花琳の手を引く。

「ちょ、ちょっと……！　ねえ！　白慧！　待って」

「待ちません。さあ、参りますよ」

今度こそ離すまいとばかりに、ぐいぐいと白慧に手を引かれ、花琳は彼らの前から立ち去るしかできない。

歩調の速い白慧に引きずられるように連れていかれ、あっという間に麗しの煌月とついでの虞淵の姿は小さくなってしまっていた。

「ねえ、またあの方々にお会いできるかしら」

はあ、と後ろ髪を引かれるかのように花琳は溜息を漏らす。

「花琳様……なにをおっしゃるかと思えば。もうお目にかかることなんかございませんよ。それにお立場を考えてください。何度も申し上げますがあなた様はこれから嫁がれる身なのです。それをまあ……いくらあの殿方が見目麗しくて、花琳様の好みだったからといってどうこうできるわけではないのですよ」

「わかってるわよ……ちょっと言ってみただけじゃない。十六で顔も見たことがない王太子殿下に嫁ぐなんて。不細工だったら目も当てられないもの。せめてこう束の間のときめきっていうか、思い出っていうか……乙女心を少しはわかってもらいたいものだわ」

「乙女心も結構ですが。わたくしどももできたら明日にはこの哥を出て、笙の国境を越え、喬に入らねばなりません。ぐずぐずしている暇はありませんからね」

いずれにしても、彼らとはもう会うことはないだろう。そのときは花琳も白慧もそう思っていた。

第二章 花琳、書肆《しょし》にて絶叫す

哥《か》の都は笙王《しょう》が住まう紫龍殿《しりゅうでん》を中心に、そこから東西南北の四方に大路が伸びている。そのひとつ、南門を出ると目の前には交易の拠点とも言うべき龍江があるため、南街区には大きな市場や名だたる店が並ぶ繁華街があった。昨日、花琳《ふありん》が攫われそうになった蓬萊街である。

紫龍殿の東には官吏の屋敷が連なり、また西側は庶人の中でも裕福な層の邸宅が並ぶ。北は文教地区となっており、大学の他、教員や学者の住まいがここにある。

また蓬萊街から外れ、南西にある安化門《あんかもん》に近いあたりが主に庶民の生活の場となっており、色街や個人で営む小さな工房もこの付近に多く連なっていた。

白慧《びゃくけい》の知人の邸宅は西の街区にあり、そこで一夜の宿を借りた。まるで貴族の屋敷かと思うようなたいそうな邸宅であり、存分に歓待を受けてゆっくり休むことができた。

「ねえ白慧。お願いがあるの」

「では参りますよ」

これから蓬萊街の外れにある馬車屋で馬車を借りる手はずになっている。喬《きよう》まで走ってくれるような馬車を借りるには、そこまで行かなければならないらしい。

「なんでございますか」

「あのね……」

花琳はやはり書肆に立ち寄りたかった。『桃薫伝』の続きをどうしても読みたいのだ。喬に入り、黄宝寺に行ってしまえば最後、もう読むことができないかもしれない。佳境に差しかかったあの物語の最後を見届けたい、その気持ちでいっぱいだった。

特に昨日あの煌月《こうげつ》という麗人に出会ってしまったがために、その欲求はさらに募る。あの美しい殿方との出会いと別れはついつい自分の姿を重ね合わせてしまう。だからせめて恋物語を読むことで自分の気持ちを慰めたかった。

「書肆に行きたいの。『桃薫伝』の続きが読みたいの。お願い……！」

必死に頼み込む花琳に白慧はしばし考え込んだ。

「……それだけですか」

ややあって白慧はじろりと花琳を見てそう言った。

「へ？」

てっきり頭ごなしに反対されると思い込んでいた花琳は白慧の返事に目をぱちくりとさせ、思わず間抜けな声で聞き返した。

「ですから、書肆に行ってそのなんちゃらという本を手に入れることができるなら、もう勝手な行動は慎んでいただけますか、と申し上げておりますが」

一瞬なにを言われたのか理解できなかったが、頭の中で反芻《はんすう》しようやく理解する。

「つ、慎みますっ！　手に入るならおとなしくします！」

ここで白慧の心証を悪くするわけにはいかない。手に入れられるならなんでもする。祈禱でも正体不明の王太子に嫁ぐのもどんとこいだ。

勢いが空回りして、思いのほか声が大きくなった。次に白慧がどう言うのか、ハラハラしながら花琳は待つ。白慧は眉を少し上げたが、特になにも言われることはなかった。

「——わかりました。でしたらわたくしも一緒に参ります。ですが書肆だけでございますよ。よろしいですね」

「はいっ！」

すこぶるいい返事をすると花琳は目を輝かせた。

続きが読めるならそれ以上はもう我儘《わがまま》は言わない。あとは野となれ山となれ、だわ、と花琳は「くふふ」とあまりのうれしさに妙な笑いを漏らす。

「大好きよ！　白慧！　ありがとう」

今にも飛びつきそうな勢いで言うと、白慧は仕方がないというように小さく肩を竦めた。

「う……わあ……」

白慧に伴われて向かった書肆には、まばゆいほど多くの物語が並んでいた。

もちろん『桃薫伝』もだ。欲しかった第五帖と、つい昨日入荷したという最終巻の第六帖。それだけではない。『桃薫伝』の作者である燎芳《りようほう》の幻の作品『山楂樹夢《さんさじゆむ》』の第一帖から最終巻の第三帖までもが並んでいた。

「白慧、見て！　これも読みたかったのよ……！　この『山楂樹夢』はね、結婚が決まった貴族の姫と幼なじみの書生の物語なの。ずっと探していたのだけど、もう手に入らないと言われていてね……！　まさかこんなところで出会えるなんて」

花琳は大興奮である。入手が不可能と思われていた本を今この目で見ているのだ。なんという品揃え。隅から隅まで読みたい本が山とある。

ああ、可能ならこの書肆に籠《こ》もってずっと本を読んでいたい。そのくらいこの空間は魅力的すぎた。

「こっちも！　この『愛鶯譚《あいおうたん》』は張 緑華《ちようりよくか》という新進気鋭の作者の手によるものでね。噂では聞いていて、入荷を待っていたところだったの」

並んでいる書物を前に、目をキラキラと輝かせている花琳に白慧が冷ややかな視線を送っていた。

「満足でございますか」

「もちろんよ！　ねえ、これもいいかしら。いいわよね」

じっ……と花琳は白慧へ視線を送りながら、両手いっぱいに本を抱える。

せいぜい一、二冊と思っていたのか、大量の書物に白慧は頭を抱えていた。だが、ここで買わないと言ってしまえば花琳はへそを曲げてしまうだろう。さんざん考えた末に白慧は「わかりました」としぶしぶ頷いた。

思いがけずたくさんの買い物ができたことに花琳は満足し、白慧の言うことを聞いて、蓬萊街の外れにある馬車屋へおとなしく向かった。

これで心残りだった『桃薫伝』も手に入ったし、これだけの本があればひと月の祈禱も我慢ができる。そう自分を納得させていよいよ喬へ――と思ったのだが。

「馬車が出せないというのはどういうことですか」

馬車屋で白慧が店主に嚙みついたのだった。というのも――。

「ですからねえ、さっきから言ってますけど、事情が変わっちまったんですよ。喬には行けないっつってんでさ。なんでも急にあっちの国の王太子殿下が亡くなっちまったらしくて、国境が封鎖されてんですって」

うんざりというように馬車屋の店主が説明している。

「亡くなったとはどういうことですか……！」

白慧が詰め寄っているが、主《あるじ》は顔の前で手を振る。

「俺の知ったこっちゃねえよ」

「布令は出ているのですか」

「布令だ？　知らねえな。とにかく国境が封鎖されちまってるんであっちへは行けないんだ。そういうことだから、しばらく無理だよ。諦めな」

店主はもう話をしていられないとばかりに、追い返すように冷たくあしらい、店の中に入っていった。

「ご主人！　ちょっと待ってください！」

白慧はしつこく主に食い下がるが、目の前で扉を閉められてしまう。まったく取りつく島もないと白慧は首を振って溜息をついた。

花琳は白慧の側でやり取りを聞いていたが、聞いていた花琳も話がよく見えない。無論、白慧も同じだろう。

店主の話によれば、喬の王太子がみまかられたとのことだが、それは花琳の輿入れ先ではないのか。だとすれば自分が喬へ行く意味がなくなってしまうということだ。しかし正式な布令はまだ出ていないとすれば、その真偽についてはわからない。

現時点でわかっているのは国境がなんらかの理由で封鎖されている、ということだけ。

だがそうなると、自分たちは喬へ向かうことはできない。

「花琳様、困った事態になりましたね」

さしもの白慧もこの状況には参ったという様子を見せていた。

このまま氷《ひょう》へ帰っていいのかすらもわからない。本当にみまかられたとして、婚儀が取りやめになるのだとしてもその判断は花琳にも白慧にもできない。にっちもさっちもいかないとはまさにこのことだった。

「花琳様ではありませんか」

困り果てた花琳と白慧に誰かが声をかける。

この哥に知り合いなどいない、と二人で顔を振り向け、同時に目を丸くした。

それもそのはずで、声をかけてきたのは昨日の麗人、煌月とそして豪傑の虞淵《ぐえん》であった。

「煌月様！」

花琳は顔も声も明るくし、煌月の名を呼ぶ。

この難局にまたもや煌月が現れたというのはやはり運命としか言いようがない。……と、花琳は自分の都合のいいように解釈をする。白慧あたりが花琳の胸のうちを読むことができたなら、きっと呆れ果ててしまうだろうけれど。

（やっぱり煌月様は私の運命の相手なのかも……！　そうよ。颯爽《さっそう》と現れて私を助けてくれる英雄なんだわ）

と、まあ年頃の乙女の妄想力を発揮して煌月へ熱い視線を送る。

「またお会いしましたね」

にこやかに艶やかな笑みを浮かべながら煌月が歩み寄る。

「昨日の……！　その節はありがとう存じました」

白慧が丁寧に礼を言う。互いにまた会うとは思っていなかったため、意外な再会に驚いたが、これも縁というものか。

「たいしたことはしておりませんよ。ところでお困りのようですが、いかがなさいましたか」

煌月に訊ねられ、白慧は「いえ……特に。では失礼します。花琳様、参りますよ」と誤魔化すように立ち去ろうとした。白慧としてはやはり事情を深くは聞かれたくない。花琳を助けてもらったことから、彼らが悪人でないとは思っているが、だからといって詳しい事情を話せるほど信頼はしていない。

「えっ、もう⁉」

せっかくの煌月との再会をこんなほんの一瞬で終わらせるなんて、と思ったが、先ほど大量の本を買ってもらった手前、我が儘も言えない。本と引き換えに言うことを聞くと約束したばかりなのだ。

（えぇー、そんなあ）

内心で泣きたいのをこらえ、後ろ髪を引かれる思いで煌月のほうをちらりと見る。

するとと煌月は「失礼ながら」と切り出した。

「……花琳様は氷の公主様でございますね？　喬へどうしても向かわれなければならない様子とお見受けいたしましたが。宦官殿」

煌月がにっこりと笑う。その彼の言葉に白慧は珍しく狼狽《うろた》えるような素振りを見せた。側にいた花琳も驚いて煌月を見る。当たり前だ。言い当てられて驚かないわけがなかった。自分たちの身分も、それから白慧の変装も正体も明かされてしまっては。

「なんのことでございましょう」

白慧がしれっととぼける。

「隠さずともよろしいですよ。いくらうまく女人の装いに変えても、手だけは誤魔化すことができないものです。なあ虞淵」

「ああ、あなたの手は普段から武器を扱っておられる手だ」

白慧の手を見ながら虞淵が言う。

白慧は観念したように「なるほど」とぼそりと呟いた。

「さすがですね、煌月様。いえ、煌月陛下とお呼びしたほうがよいでしょうか」

にっこりと笑って白慧が言い返す。

それを聞いて花琳はやっぱり、と思った。昨日彼の名前を聞いて引っかかったのは花琳だけでなく白慧もだったらしい。

（まあ、私が気づいたのだから白慧が気づかないわけないのだけど）

賢《さか》しらな白慧のことだ。だからよけいに事情を隠しておきたかったのに違いない。

「おやおや。すっかりバレてしまっていたようですね」

「笙王の麗しさは氷にまで届いておりますゆえ。まさかとは思いましたが」

「確かに。昨日はせめて偽名を使っておくべきでしたか。いえ、偽名で名乗らなかったおかげでとりあえず今日は花琳様と白慧殿に手助けできそうなので、これはこれでよかったことにしましょう」

「また手助けしてくださるのですか」

白慧の問いに煌月はちら、と花琳へ視線を移す。

その仕草がまたなんともいえずかっこいい。本当に物語から飛び出してきたような煌月の振る舞いに花琳の胸は高鳴る。

（はあ……すてき……こんな方が現実にいるなんて……）

ぼうっとのぼせ上がっていると、そんな花琳にとどめを刺すように煌月は口を開く。

「可愛らしい公主様のためでしたら」

可愛らしいって！　可愛らしいって！

花琳はこれが自分の房《へや》だったらきっと叫んでいたに違いない、と思う。

白慧や虞淵の前だから努めて平静を保とうとしているが、内心では大変なことになっている。滅多にお目にかかれない美男子に「可愛らしい」なんて言われるとは思ってもみなかった。まさしく彼は今の一推し『桃薫伝』に出てくる皇帝陛下と同じくらい、花琳の心をときめかせていた。

「お二人だけでの道行きというのも気になりますし、また私の正体を知られてしまいお二人には口止めしたい。ここは取引ということでいかがですか？　宦官殿の許可が得られればですが」

ね、と煌月が白慧へ微笑みかけ、白慧は思案の末「背に腹は代えられません」としぶしぶ頷いた。

「では、ひとまず私の家《王宮》に参りましょう。こんなところでは落ち着いて話もできませんし、なによりお互い状況の把握をしたほうがよろしいかと。喬の王太子殿下の噂にかなり動揺しておられましたし」

「それは……」

さしもの白慧も次々たたみかけられていささか混乱したらしい。返事を渋っていると、足元をうろうろしていた風狼《ふうろう》が「ワン！」とうれしそうに吠え、尻尾を振って虞淵にまとわりついた。

「どうやら風狼は私たちのところに来たいようですよ？　どうか遠慮なさらず」

「しかし、わたくしたちは」

「いいじゃない、白慧。こうなったら利用できるものはしたほうがいいと思うの。ここでうろうろしているよりはましだもの」

企《たくら》むように花琳は白慧に言う。

そう、これは天啓。神の采配。これを機に煌月に近づくことができると花琳は必死である。こんな機会を逃すわけにはいかない。それにはなんとか白慧を説得しなければ。

「花琳様のおっしゃるとおりです。さ、周りの目もございます。参りましょう」

ああ、こうして微笑む煌月様もすてき。

のぼせ上がっている花琳に胡乱《うろん》な目を向ける白慧だが、そんなことを気にしてはいけない。今、花琳は『桃薫伝』の主人公の踊り子であった。

運命の出会いを経て、数多《あまた》の障害を乗り越え、二人で手に手を取って熱い恋に身も心も焼き尽くす——そんな物語のように都合のいい展開にひたすら酔っている。この幸せなひとときを堪能しないわけにはいかない。

(だって、いつ冰に連れ戻されるかわからないし。このくらいの役得あってもいいわよね)

そんな浮かれた花琳を尻目に白慧はしばらく思案に暮れており、口を閉ざしていた。

彼の気持ちもわかる。だが不本意ではあるものの、行き詰まった現状では煌月の言葉に甘えることが一番の策であるだろう。

先ほど馬車屋の主が口にしていた王太子が亡くなった、という情報の真偽すらまだ曖昧である。そういう噂がある以上はまず情報の出所と信憑性《しんぴょうせい》を確かめなければならず、このまま捨て置くわけにはいかない。

現状喬へ向かうことができないとなれば、いずれにしてもここで足止めを食うことになる。平民のような衣を着ていても中身は冰の公主と宦官である。市中でまた危険な目に遭うよりは、花琳の身の安全を考えて、煌月の言葉に甘え王宮に滞在するほうがいい。少なくとも、冰は笙とは友好国として良好な関係を保っている。煌月にしてみても笙で花琳の身になにかあればことだ。それよりはまだお互い手の内を明かして、取引することはやぶさかではなかった。

「仕方がございません。……わかりました」

ようやく白慧も煌月の申し出に同意し、ひとまず厄介になるとしぶしぶ口にした。

「ときに花琳様、たいそうな荷物ですがお持ちいたしましょうか」

王宮への道すがら、花琳が手にしているものを見て煌月が訊ねる。

「えっ」

訊《き》かれて花琳の心臓がどきりと跳ねた。なにしろ荷物の中身は——恋愛小説である。このようなものを大量に持っていることを殿方に知られたくない。ことに、ここにいるのは笙王である。

曖昧に「えっと」だの「あの」だのと声を出していると「随分重そうですし、虞淵に持ってもらいましょう」と言って、さっと荷物を花琳から取り上げた。

「おや、書物ですか」

布に包んでいるとはいえ、持った感触でわかったのだろう。

「え、ええ」

花琳は引きつった笑いを浮かべる。中身を見られたら最後、こんな俗物的なものをと煌月に笑われてしまうかもしれない。どうしよう、と思いながら返していまさら言うのもおかしい。むきになって返せと言えばそれはそれで興味を引いてしまい、中身を見られる可能性もある。

「それはそれは。これだけの書をお持ちになるとは、花琳様はとても勉強家でいらっしゃる。感心なことですね」

「そ、それほどでも……」

ふふ、と笑って誤魔化したが、側にいる白慧はおかしいのかニヤニヤとしている。

（白慧……！　笑ってないで少しは助けてよ……！）

自分の主が困っているというのに助け船も出さないなんて、と八つ当たり気味なことを思いつつ、勉強のことを訊かれたらと思うと気が気ではない。

これはどうにかこの荷物から煌月の気を逸《そ》らさねば、と花琳は慌てて口を開いた。

「ところで煌月様はいつもこうしてお出かけなさっているの？」

苦肉の策である。といっても訊きたかったのは本当だけれども。

なにしろ昨日といい今日といい、確かに出くわしたことは偶然だろうが、一国の王が二日連続で市中をうろついていていいものだろうか。

「ちょっと言ってやってくれよ。こいつときたら隙あらば城を抜け出すものだから、手に負えなくてな」

横から虞淵――彼は煌月の幼い頃からの親友で、筺の将軍だそうだ。この若さで将軍という地位に名を連ねているということはよほどの実力者なのだろう。そう聞くと、昨日花琳をやすやすと暴漢から救い出したのは至極当然といえた。

「抜け出しているんですか」

「抜け出しているとは人聞きが悪い。虞淵、それは言いすぎだろう」

少しムッとしたような顔をして煌月が文句を言う。

（ああっ、ちょっと拗《す》ねた顔もすてき。さすが煌月様……！）

花琳はすっかり煌月の虜となっている。とはいえ、煌月と本気でどうこうなりたいというわけではない。そんな野心はこれっぽっちも持ち合わせていない……わけではないが、現実的ではないのは花琳自身がよくわかっている。当面、目の保養をさせてくれるだけで十分——夜空に輝く宝石のような星、そういう存在である。

「ちょっと目を離すといなくなるんで困っているんだ。俺も苦労している」

はあ、と虞淵が大きな溜息をついた。

その虞淵の言うことがよくわかったのは、それからすぐ後のこと。

近道だからと仙桃街《せんとう》という、いわゆる色街を通り抜けていたときのことだ。炸子鶏《とりのからあげ》の香ばしい匂いや、ふんわりと蒸されている饅頭《まんじゆう》の香りの誘惑に負けそうになりながら歩いていると、必死な声が通りの向こうから聞こえてきた。

「早くお医者様を……！」

大きな廓から下働きと思《おぼ》しき少女が飛び出してきた。その少女は虞淵にぶつかりそうになる。

「す、すみません！」

ペコペコと頭を下げる少女は急いでいるのか、慌てて謝罪するとすぐさま走り去ろうとした。

「急いでいるようだがどうかしたのか」

「お医者様を呼びに行くのです。お姐《ねえ》さんが倒れてしまって……！」

「医者……」

言いかけた虞淵より先に煌月が「私が診ましょう」と少女に申し出る。

「お医者様なのですか」

少女はパッと目を見開いた。

「応急処置なら私でもできるかもしれません。ひとまず拝見しましょうか」

「お願いします！」

こちらです、と少女に引き入れられ、煌月は廓の中に入っていく。

「おい、煌月！」

虞淵が声をかけるがまるで聞いていないとばかりに、そのままずんずんと奥へ向かっていった。

「あーー！ もう！ だから困るってんだ。なんでもかんでも首突っ込みやがって」

虞淵は煌月の後を追って、廓の中に入っていく。花琳と白慧も仕方がなく後をついていった。

「わかったか。あいつはああやって、街中に繰り出しては興味のあることに首を突っ込んでいく。そのたびに俺があいつを取っ捕まえに行くってわけだ……」

はあ、と虞淵が巨大な溜息をつく。

なるほど、と花琳と白慧は顔を見合わせた。

どうやらあの王様はかなり自由奔放なたちらしい。そして幼なじみである虞淵がお目付役のようなことをしているのだろう。

「お迎えに上がるのは他の者ではいけないのですか」

花琳が素朴な疑問を口にする。なにも将軍自らが出向かずともいいだろうに。

「他の者が迎えに行って、あいつが素直に言うことを聞くわけがないからな。それより俺があいつの首に縄をつけて連れ帰るほうが断然早い。なにせ赤ん坊の頃からの付き合いだ」

「はあ……」

確かに笙王に命令されたら、そんじょそこらの者ではなにもできない。それより気心の知れている虞淵が出向くほうが効率がいいのだろう。

ということは、昨日も今日も虞淵は王宮を抜け出した煌月を捕まえるためにやってきたということだ。

「花琳様……花琳様のほうが何倍もましだということに気づきました。まだ可愛げがありましたね……虞淵殿のご心労……お察しいたします」

しみじみと白慧が呟くのを聞いて花琳は複雑な気持ちになる。

（やっとわかったのね！　もう！）

自分など可愛いものではないか。せいぜい書肆に立ち寄って欲しいと言っただけなのに。と、内心で文句を言う。

王のくせに毎日王宮を抜け出している煌月のほうがよほど奔放ではないか。

とはいえ、廓というところの中に入ったのははじめてで、花琳は少しワクワクしていた。昨日はあわや妓女に、というところだったが、今日は違う。そういう心配がないとわかっていると、知らない場所というのは興味深く見られるものだ。

大きく立派な廓だ。昨日の廓もきれいな建物だと思ったが、もっと豪奢《ごうしゃ》なつくりでできっとかなり高級なのだろう。なんといっても庭がすばらしい。牡丹が大輪の花を咲かせ、月季花《ちょうしゅんか》や百合《ゆり》がうっとりとするような芳香を放っている。四季それぞれに美しい花が咲くように設《しつら》えられていた。

そしてこの美しい庭園の中央から、妓女たちの話し声が聞こえてくる。

四阿《あずまや》に妓女の一人が寝かせられていた。おそらくあそこで倒れたのだろう。青い顔をし、腹を抱えてうんうんと呻っている。その周りを数人の妓女が取り囲んでいた。

煌月は横になっている妓女へ話しかける。

「話せますか」

妓女はコクコクと頷く。

「お腹が……差し込むように……っ」

痛い、と妓女は脂汗を額に浮かべ悶《もだ》え苦しむ。

「腹ですか。……脈を診ますよ」

言って煌月は妓女の手を取ると脈を診た。そして目と舌を診る。

「脈は……細数《さいさく》……舌質赤く、舌苔《ぜったい》の潤い少。ふむ……」

丁寧に診察をすると、煌月は他の妓女のほうへ顔を振り向けた。そうして懐から巾着袋を取り出す。巾着袋には薬草を小分けにしたものが入れてあり、その中のいくつかを選んだ。

「申し訳ないが白湯《さゆ》を。薬を飲ませたい。それとできたら火を煙草《たばこ》盆に」

なぜ煙草盆、と思ったが、煌月はもう一度懐から今度は折りたたまれた手巾を取り出す。その中に鍼《はり》が入っていた。四阿に設えられている卓子の上にそれらを並べ、煙草盆がやってくると火で鍼を焼いた。

そうして手際よく彼女の手や足に鍼を打っていく。鍼を打つと、彼女に血色が戻ってきた。見る間に表情もやわらいでいく。

「この薬は散薬になっているから、煎《せん》じなくてもこのまま飲ませて大丈夫。どなたか手伝ってくれるかな」

一人の妓女が申し出て煌月と二人、横になっていた妓女の身体を起こして薬を飲ませた。苦い薬だったのか、薬を飲むときに顔を顰《しか》めていたがすべて飲みきっていた。

妓女の額に浮いた脂汗を手巾で拭い、それから再び脈を取る。

「さて……具合はいかがですか」

つい今し方まで苦しんでいた妓女はまだぼんやりとしているが、顔色はいい。先ほどとはまるで様子が違っていた。

「……先生……ありがとうございます。随分と楽になりました。もう大丈夫です」

妓女が薄く笑みをこぼす。だがまだ息は少し荒い。

「それならよかった。──薬を置いていきますからね、さっきは散薬にしたものを差し上げましたが、今日と明日はこれを煎じて飲むといいでしょう。半夏《はんげ》と黄芩《おうごん》と黄連《おうれん》、そして甘草《かんぞう》を調合してあります。これでよくなるとは思いますが、けっして無理をしてはいけませんよ」

笑いかけながら妓女の額に手を当てると、彼女は安心したような表情になった。

そこに、妓女たちの中でも特に艶麗で、ひときわ豪奢な衣装に身を包んだ美女が煌月の側まで足を進めた。

「このたびは本当にありがとうございました。この明鈴《みんれい》はわたくしの本当の妹のように可愛がっている子《こ》でしたから……助けてくださって感謝いたしております」

美女──おそらくこの廓の一番の売れっ妓なのだろう、彼女は両手の袖を合わせて目の前に掲げ、頭を下げる。

「いえいえ、たいしたことはしていませんよ。ちょうど持ち合わせの薬が効いてよかった。通りがかったところにこちらの可愛らしいお嬢さんが医者を探しておりましたので、厚かましくお声をかけましたがお役に立てたようでなによりです。また同じような痛みがあるといけませんから、薬の調合を書きつけておきましょう」

「なにからなにまでありがとうございます。ときに先生、お名前を煌月様とおっしゃるのですね。なんと我が笙王の名と同じお名前とは」

「いえいえ、私の名は虎月《こげつ》でございます。笙王と同じなどとは恐れ多い」

煌月はしれっと似た音のする別の名を口にした。

笙王と同じ名前、ではない。彼が笙王なのである。よくもまあいけしゃあしゃあと口からでまかせを、と花琳は思うが、笙王はその美しい微笑みで煙《けむ》に巻く。

「まあ、そうでしたか。それは失礼を。ところで先生――たいしたおもてなしもできませんが、お礼によろしければお食事でも。お連れ様もぜひに。ただいま用意させますので」

「どうかお構いなく。……それに……ええと……その、この後用事もありますし」

ぎろりと横目で睨んでいる虞淵へちらりと視線をやりながら、煌月は答える。

「まあ、そんな堅苦しいこと。皆様もよろしければ」

にっこりと美女に笑いかけられ、虞淵はとたんにぽおっとのぼせ上がる。

たぶん彼の気持ちからすれば、我が儘な王様に小娘と宦官を連れ歩くより、そりゃあ酒池肉林の宴に身を投じたいだろう。美しい女人で目の保養をし、酒とご馳走《ちそう》……なんて、花琳でもときめく世界だ。

だが。

「大変申し訳ないが、皆多忙な身でして。ことにこの彼の帰りを待ちわびている者がおります。一刻を争いますので、せっかくの魅力的なお誘いですが、お暇《いとま》させていただきます」

煌月が慇懃《いんぎん》に返事をする。

その横で虞淵ががっくりと肩を落としていた。

「――とまあ、一事が万事こういうことだ」

妓楼を後にした一行は再び王宮へ向けて歩いていく。

「まったく俺に待ちわびている者がいるとほざくとは。独り身の俺への嫌がらせか。待っている者がいるなら、俺はおまえのことなんぞほったらかして、さっさと帰っているわ」

よほど妓楼でご馳走になり損ねたのが面白くなかったのか、虞淵がぼやいていた。

「まあまあ、あれも方便というものでな」

「なにが方便だ。……ったく、こいつはこうやって、医者の真似事をしたり面倒事に首を突っ込んだりするのが好きなのだ。おかげでいつも俺はこいつを捜し回っている」

憤然とした表情で虞淵がぶつくさと愚痴をこぼす。

「医者の真似事とは聞き捨てならないな。そこらの医者よりも私はましだと思っているが」

「まあ、そうだな」

虞淵は一応煌月の医師としての腕前は認めているのだという。

煌月はありとあらゆる植物の薬能を頭の中に入れ、様々な薬種を使いこなしているらしい。特に毒物の知識は群を抜いており、大陸の毒物だけでなく、西国の薬の扱いにも長けていて、その知識量はおそらく国随一とのことだった。

「毒ですって？」

毒、と聞いて花琳は顔を顰めた。

なんだってそんな物騒なもの、と花琳はつい煌月の顔を見る。このきれいな人から毒という言葉を聞くとは思わなかった。それにしても、知れば知るほど不思議な人だと花琳は思う。どうやらただの麗人ではなかったらしい。

「国中のどの学者も毒に関しては煌月の右に出る者はいないだろうな」

虞淵の言葉に花琳も白慧も目を丸くした。

だが理由を聞いて納得する。

この煌月、二十二という若さだが、彼が即位したのは齢《よわい》十二——十年前に繹《えき》に攻め込まれた件《くだん》の黒檀山での戦いのすぐ後のこと。笙が繹の属国になったそのときから王としてこの国を統《す》べている。

その黒檀山の戦いというのはまた悲惨なものであった。

花琳はまだ幼く、そういう戦いがあったということしか知らない。ただ、その戦いをきっかけにして繹という国が大国として確固たる地位を築いたことは、大陸に住む者なら誰しも知っていることだった。

十年前、笙の王であり煌月の父——蔡元遼《さいげんりょう》が何者かに暗殺されたことが発端であった。

毒殺である。

王后も元遼に寄り添うようにして寝台の上で遺体で発見された。その横には食べかけの黒い実。その実を二人で食したため亡くなったと思われる。しかし、その実の正体もまた誰が持ち込んだかも不明であった。さらに、いかようにして食べさせられたのかも。

そしてその夜、事態は大きく変わった。

これまで繹からは西域との貿易権を巡って折衝が続けられていたが、物別れに終わっていた。何度も話し合いが持たれたが、繹の利益になる条件しか提示されていなかったため、折り合うことがなかったのだ。

兵力では確かに繹のほうが勝る。そのため戦になれば繹が有利ではあったが、笙には游《ゆう》という繹に準ずる大国の後ろ盾があり、繹と渡り合えるはずだった。

しかし、笙の同盟国であった游が寝返った。游で反乱があり、笙との同盟を反故《ほご》にし、繹と新たな同盟を結んだのである。それでも笙は繹の支配下に置かれるつもりはまるでなかった。

そして、元逵が殺されたのである。

元逵が殺害された夜、繹との国境付近で笙は夜襲を仕掛けられた。繹にはいつ襲いかかられてもおかしくなかったが、それはあまりにも突然だった。

それから一週間の間戦いが続き、笙は繹の手に落ちて属国となったのである。

王と后妃を毒殺で失い、その後王位に就いた煌月は年がら年中命を狙《ねら》われたのだという。いまだにそれは続いていて終わることがない。

常に毒の脅威にさらされる生活であったため、毒を理解するために勉強していった結果、どの学者よりも詳しくなっていったのだという。

すべて彼の生い立ちを思えば生き抜くために必要だったからなのだが、今ではそれを逆手にとって趣味としているという強《したた》かさ。

「だからこの国の王なんてものも、やってられるんだろうがな。ただもう少し政務に勤勉になってもらいたいものだが」

虞淵も煌月には一目置いている。だからこそこうして煌月に好き勝手をさせ、愚痴を言いながらも付き合っているのだろう。

「勤勉じゃないですか。こうして市井の動向を自らの目で確かめていますしね。でしょう？　それにぼんくらの私なんかいなくても、皆がうまくやってくれますし」

にっこりと美しい笑みを虞淵に向けながら、けろりと口にする。

「なにがぼんくらだ。……ったく、ああ言えばこう言う」

呆れたように虞淵は大きな息を吐く。

諸外国だけでなくこの筌においても煌月は無能の烙印《らくいん》を押されているらしい。それゆえいてもいなくてもいいだろう、と煌月は言う。

しかし無能というのは表向きのこと。実は明敏な頭脳の持ち主で、かなりの切れ者のようだ。

（昨日といい今日といい、やることにそつがなかったもの。全然ぼんくらじゃない）

昨日からの煌月の振る舞いを見ていて、花琳は実感していた。

けれど彼は王宮では無能と思われているため、頼られることがない。書類に署名と印を押すだけの人間だと周囲には思われている。

ぼんくらな王、というのは普通は不名誉な呼び名だろうが、煌月にとっては実に都合がよかったのである。

王である煌月が無能であることこそが笙にとっては、国と煌月が生き延びるために必要だからである。大国・繹の属国である以上、有能な王が立てば煌月はすぐさま繹に亡き者にされ、そして国は繹に吸い取られてしまうだろう。笙が繹の属国となって十年、交易権についても繹はなんらかの手立てを考えているはずだ。十年前の取り決めから現在まで交易にかかる税は変わっていないが、繹はその税を自国に有利なものにしようとしている。それゆえ、彼の国がおとなしくしているわけはなく、なにかあればすぐさま動くに違いない。繹が本気になれば笙という国は名前すら残らなくなる。だから煌月は自分が無能であると他者に信じ込ませていた。——一部の近しい者以外には。

そうすることで繹に対して従順な振りをしているのだ。あくまで〝振り〟ではあるが。

煌月が王宮を抜け出し、市中をうろつくのには理由があった。彼自身も口にしていたが、王宮にいては生の声が聞こえてこない。繹の動向も、人の噂話から察することができる。ことに歓楽街にはそういった情報がいち早く入ってくる。だからこそ、こうして暇さえあればうろうろとしているのだ。……と大義名分を掲げて抜け出している。

「なるほど、そういうことだったのですね……！」

花琳は感心したように言った。

なにからなにまで愛読書『桃薫伝』に出てくる皇帝陛下のようだ、とうっとりと花琳は煌月を見つめた。『桃薫伝』の皇帝陛下も、街中に出ては悪人を懲らしめている。

まるでそのまま物語から飛び出してきた御方のようだ。

「おいおい。いかにもいいこと言っているふうな物言いだがな、だいたい仕事を放り出して街ン中行っていい理由にはならんぞ。まだ大事な書類を片づけていないんだろう?」

虞淵はうんざりしたように言う。それを同情の目で白慧が見ていた。白慧も少なからず虞淵と同じ気持ちを抱いているのに違いない。我が儘な主君を持ったがための悲哀を味わっているようだ。

「そうでしたか?」

ふふっ、と煌月はただ笑うだけだ。

「なにがそうでしたか、だ。いいからさっさと帰るぞ」

「仕方がありませんね。今日のところはおとなしく従います——あ、虞淵、その前に薬種問屋に寄ってもいいですか。頼んでいたものが入っているはずでね」

頼む、と言われれば無下には断れないのが煌月に対する虞淵の甘いところでもあるのだが、幼い頃から無駄な苦労ばかりしている彼に同情心もあるらしい。王という立場上、自由を奪われている彼のささやかな楽しみまで奪うのも可哀想だと思っているのかもしれない。

どうやら煌月というのはかなりの人たらしのようだった。それでも嫌いになるどころか、花琳はますます彼に対して興味が湧く。

「薬種問屋だけだぞ、いいな」

「わかっている。店で王不留行を受け取ったらすぐ帰ります。──花琳様申し訳ありません、少しだけお時間を頂戴しますね」

そう笑顔を向けられると、花琳としても頷くしかない。それにこうして街中を散策できるのはとても楽しい。昨日はほとんど出歩くこともできなかったから、哥の街を見物できるのはうれしかった。

「おうふ、ってあれか。昨日の軟膏の」

「おうふ、ではない。王不留行という生薬ですよ。……そう、昨日使ったのが最後でね。本当はあのあと店に出向くつもりでしたが取りに行けませんでしたし」

「わかったよ。それにしてもまたけったいな名前の薬だな。物好きめ」

「なにを言いますか。王不留行はおまえのような者のために用意しておくのですからね。鍛錬もいいですが、毎度大きな傷を作ってくるでしょう」

「昨日はツバつけておけば治るとほざいたくせに」

「あの程度の傷ならツバで十分ですよ。昨日も言いましたが、王不留行はいい傷薬ですからね。痛みもすぐ引くし、傷も治りが早い上、傷痕も目立たなくなります。花琳様の傷ももうよくなっているのではないですか？」

訊かれて花琳は大きく頷いた。

「ええ！　そうなんです。昨日手当てしていただいたところ、すっかりよくなって。まだ少し赤みは残っていますけれど、この分なら明日にはきれいになっていると思います」

ほら、と花琳は手を掲げた。

真っ黒い軟膏ではじめは驚いたが、効き目は抜群だ。煌月が薬に詳しいというのは本当だった、と改めて感心した。

なじみの薬種問屋は色街を外れ、大きな市場の端にあった。

古くからの店で、そこそこの大店《おおだな》だ。青緑の瓦《かわら》屋根で立派な店構えである。重厚な扉は長い年月にわたって、この店がここにあることを示しているように見えた。

煌月は慣れた様子で、戸を開けて奥向きへ声をかける。

「お邪魔しますよ。ご主人はいらっしゃいますか」

煌月が常連となっている薬種問屋の店主、李燕《りえん》がいそいそと出てくる。

「これはこれは先生」

「西方からの商人はやってきましたか。頼んでおいたものの他に、出物があれば見せてほしいのですが。それから、猪苓《ちょれい》と甘草を」

さくさくと煌月は店主に用事を言いつける。

「かしこまりました。さ、こちらへ。お連れ様も遠慮なさらずどうぞ」

主人の李は愛想よく煌月らを店の奥へと案内した。

この主人の李は煌月の正体は知らないという。だが煌月はここの常連であり、かつ高価な生薬を求め、金払いがいいため上客扱いなのだろう。李自ら、煌月をもてなしてくれる。

——ここでは私は御典医と言っています。

煌月も自身の身分は明かさず、御典医であると李にはでまかせを言っていた。もし宮中にそのことを詰め寄られても、あながち間違ってはいないため問題ない。虞淵あたりが取り繕ってくれるのだろう。

花琳も白慧も煌月の邪魔をしないように、口を噤んで黙っていた。そうして煌月らのやり取りを傍観する。

薬種問屋とあって、店内は独特の匂いがしている。心なしか、煌月の顔がウキウキとして楽しそうに見えた。

(こんなものをお好きだなんて……)

だんだんと花琳の煌月に対する見る目が変わってくる。ここに来るまでの間も、滔々《とうとう》と薬草について花琳に話をしていたのだ。さすがの花琳もこれには微妙な気分になっていた。

(まあ、でも人の興味は様々だし……)

白慧とてこう見えても実はかなりの動物好きだ。特に猫が好きなのだとか。それほど表情の変わらない白慧も猫の前では頬が緩んでいる。

（草くらい、別に私は構わないけど）

なんだかすっかり煌月の後宮に入るような気分でいるが、単なる客である。いけないいけない、と思いながらもこうして間近にいると非常に近しくなった気になってしまう。

「――この猪苓はいいものですね。これを多めにもらっておくことにしましょう。――ところでこの甘草は……？」

刻んである甘草を手にして煌月は顔を顰めた。李は渋い表情を作りながら、溜息をつく。

「やはりお気づきですか。さすがに先生の目を誤魔化すことはできませんね」

「どういうことですか？」

煌月と虞淵は李を見る。彼は首を横に振っていた。

「こちらの甘草はこれまで当店で扱っていた、灼《しゃく》のものではなく、産地が異なるのです」

「それはわかりましたが、どうかしたのですか」

「ええ……そうなんです。実は灼のものが入手しづらくて仕方がなく。そちらは准《じゅん》のものとなっております。多少赤みがあるのはそのせいで」

「入手しづらい？」

「ええ。実は当店の者を灼へ買い付けにやったのですが、灼がかなりひどい有様のようでして」

「ひどい有様というのは、どういうことですか」

いささか怪訝《けげん》な顔をして李に問いかけると、李は少し躊躇《ちゅうちょ》するように間を置いた後、声を潜めて煌月にこう言った。

「国内で小競り合いが多く、盗賊も頻繁に出没しておるのです。とても安心して買い付けに行ける状態ではなく……」

「なるほど。だが、灼の情勢は安定していたのではありませんでしたか？」

「はい。三月《みつき》前までの買い付けの際にはそれほどではなく……ただ、今考えると兆候はあったかもしれません。気になったのは、これは噂《うわさ》ではございますが、石炭の採掘が止まってしまったとか」

灼という国はその国の名で表されるとおり、主に燃える石である石炭の採掘によって栄えている国である。山を掘り起こす際に、多くの薬用植物が採れるため、それを加工して生薬としている。特に甘草は品質のいいものが多いため、李の店では灼産の甘草を主として扱っていた。

「そのため鉱夫が盗賊に身をやつしているということでございます」

「ではしばらくは灼のものは手に入らないと考えたほうがよさそうですね」

「申し訳ありません。ただいま灼と同様の代替のものを探しておりますので、しばしお待ちいただけたら」

李は品質のよい生薬を扱うことで信頼を得、手堅い商売をしているようだ。煌月がここを贔屓《ひいき》にしていることがその証拠であるように思える。

「謝ることはありませんよ。李殿がいいものを探してこられるというのなら、私は安心して待っております。だが、灼の状況がそのようなことになっているなら、今後も心配でしょう」

「ええ。灼では他に大黄《だいおう》などもいいものがありましたので。ですが大黄は他でも調達できますから問題はないのですが、やはり甘草は灼のものが一番と思っておりましたから」

はあ、と李は溜息をつきながら悔しそうに口にした。一定の基準を満たしているとはいえ、不本意な品物が店内にあることが許容できないようだ。

国外情勢についてはいかんともしがたい。情報をできるだけ集めても、やはり時間差もあり、必ずしも危険を回避できるものではないのだ。商売は情報戦とも言われているが、突然の事態に、長くこの道で商いを続けている主人でも予想外の展開だったのだろう。

煌月は李を慰めていたが、そのとき「ご主人様」と店の若い使用人が李を呼びに来た。

「ご主人様、店にお客様が……その、苦情を言いに来られております」

使用人の青年はひどく困った顔をしていた。

苦情というのはなかなか厄介である。

使用人が主人を呼びに来るというのは、おそらく彼では事足りなかったということで、そうなると、非常に対応が難しいということだ。

「李殿、私のほうはよろしいですから、まずはそのお客様のほうへ」

煌月が促すと、「それではお言葉に甘えて」と李は席を立った。

「なにやら灼もきな臭い様子だな」

虞淵が煌月へ話しかける。他国の不穏な様子を耳にし、気になったようである。

「石炭が採掘できないとなると、灼は大変だろう。治安もよくないようだし、明日にでも様子を見に行ってもらおう」

「それがいいだろうな」

煌月と虞淵がそんな話をしていると、店先から「償いをしろ！」という怒鳴り声が聞こえてきた。

あまりの声の大きさに花琳は思わず目を瞠《みは》る。また煌月と虞淵も顔を見合わせていた。

その後も怒鳴る客の声が頻繁に聞こえ、さらになにかがぶつかるような大きな音がした。

「揉《も》めてるのか」

「そうかもしれない。様子を見に行こう」

煌月と虞淵は席を立って、店頭へ急いだ。

「私も……！」

花琳も二人の後を追う。いったいなにが起きているのかこの目で見たい。

「花琳様！　お待ちください！　危のうございます！」

慌てて白慧も花琳の後を追ってくる。

「…………！」

目の前の光景に花琳は息を呑《の》んだ。

店内は調度品が床の上に転がるなど、荒らされており、店主の李は男に胸ぐらを摑まれていた。

「どうかしましたか」

煌月が声をかけると、李の胸ぐらを摑んでいた男がぎろりと睨む。

強面《こわもて》の身体の大きな荒っぽい男だ。

「ああ？　なんだおまえらは」

「ここの客でございますよ。ですが、なにがあったかは存じませんが乱暴はよしましょう」

煌月がゆっくりと男に向かって足を進める。すると男は李を乱暴に突き放すと、煌月へにやりと笑った。

「乱暴？　乱暴じゃねえ。俺はこいつにひどい目に遭わされたんでな。相応の償いをしろと言っているだけだ。兄さん、あんたには関係ない話だ。すっこんでな」

「関係ないと言われましても、お声をかけた時点ですでに関わってございますゆえ。ところでひどい目とは」

「ああ？　うるせえな。ホラ見ろよ」

そう言って男は左の腕を煌月の目の前に差し出した。そこは広範囲に赤くただれている。

「ほう、随分とひどい様子ですね」

「ふん。これはここの店の薬を使ったら、ひどくかぶれて、こうなっちまったんだよ。だから弁償するのは当然だろうが」

いかにも横柄な物言いだ。煌月は李のほうへ視線をやる。

「ご主人、どういうことですか？　こちらの方にどの薬をお勧めしたのでしょうか」

「こ、こちらです。こちらの軟膏を。あせもで痒いということでしたので」

おずおずとした口調で答える李へ聞かせるように、男は側にあった卓を大きな音を立てながら拳で叩く。

「そのあせもがそいつを塗ったらこうなっちまったんだぜ！　ええ？　どう責任取ってくれるんだよ！」

威嚇するように大声を出す男へ煌月は近づき、再び男の腕をじっと見る。

「おい！　なにじろじろ見てんだ！　気持ち悪ぃな！　いいから早く出すもん出せ！　金で許してやるっつってんだ。安いもんだろうが。それともここの評判を街中に言いふらされてえのか！」

「なるほど……すみませんが、ちょっと黙っていてくれませんか。患部がよく見えませんので。よく見せてください」

大声などまるで気にしていないとばかりの煌月に男は手を出す。

「邪魔だっつってんだろ！」

男は煌月へ殴りかかった。だが、煌月はそれを持っていた扇子《せんす》で払い、受け流す。

「見せてくださいと申し上げたはずですよ」

そう言って、煌月は男の腕をひねり上げた。いきなり腕をひねられて、さしもの大男も苦痛に呻《うめ》く。そして驚いたように目を見開いていた。まさか目の前の優男にいいようにされるとは思っていなかったに違いない。

「おいおい、いい加減にしないと、そいつの腕へし折れるぞ。離してやれ」

虞淵が横から口を出さなければ、もしかしたら本当に腕の一本もへし折っていただろう。その証拠に、男は煌月が腕を手放した後しばらく額から脂汗を流し続けていた。それほど痛かったのだ。

「ああ、失礼いたしました。きちんと見せてくださらなかったものですから。——申し訳ありません」

涼やかな笑みの煌月に男は面食らったような顔をしていた。そんな男の様子はまったく無視して、煌月は話を続けた。

「私の見立てでは……あなた、少し嘘をつかれていますね？　誤魔化しはいけませんよ？」

「な、なにが嘘だ！　適当なことを言うな！」

男はやはり大声で噛みつくが、先ほどまでの勢いはない。

「適当ではありません。それは……漆《うるし》によるものでしょうね。違いますか？　ただのかぶれではありません。わざと漆を塗りつけましたね？」

「そ、そ、そんなわけ……！」

男が反論しようとしたが、その前に煌月がずい、と男の前に出た。

「そんな嘘は通らないって申し上げているのですよ。今のうちに……ボロを出す前にさっさとお帰りになったほうがよろしいかと」

煌月は男を冷たい目で見据える。今までとは打って変わって、ぞっとするほど酷薄な表情を浮かべた。

煌月のように整った顔が作る冷たい表情は非常に恐ろしさが増す。

（あんな顔もなさるんだ……）

威圧感のある表情に彼がやさしいだけの人ではないと花琳は理解した。

やはり一国の王なだけある。

男も花琳同様それを感じ取ったのだろう、一瞬怯んだように息を呑んだ。が、すぐさま自分を鼓舞するように大きな声を張り上げる。

「うるせえって言ってんだろうが！　わかったよ！　じゃあ、ここの店は不良品を売りつけた店だっつって、ふれ回ってやらあ！」

あくまでも強気に出る男に煌月は呆れたようにひとつ息を吐いた。

「まだわからないようですね。あなたのその嘘は通じないと申し上げているんです。李さんがおすすめしたこちらの軟膏で、というより、そのひどいただれは漆によるものとしか考えられないのですよ」

「なにを根拠に言ってやがる。軟膏つってんだろうが」

「まあ、きちんと人の話をお聞きなさい。私があなたのその症状を漆と断定したのは、あなたの肌に漆の着色があるからですよ。ほら、ごらんなさい。ここが茶色く着色してあって、その周りから腫《は》れが広がっているでしょう。これは漆が肌に染み込んでしまっているせいですね。李さんのこちらの軟膏は肌を着色させるものではありませんから。大方、ひどくただれさせるために、漆を塗りつけたんでしょうけれど、こんなのは素人目《しろうとめ》にはわからずとも、見る人が見たら丸わかりですよ。あまり主張なさるのは恥ずかしいのでやめたほうがよろしいですよ。ね？」

どうやら煌月の指摘は図星だったようで、男は顔を真っ赤にした。が、同時に辱められたことに対して憤ったらしく、煌月へ再び殴りかかった。

先ほどは煌月を舐めていたらしいが、今度は本気で挑んでくる。こうなるといくら煌月でも身体の大きさの違う男を相手にするのは難しいだろう。

しかし、そのとき虞淵が煌月と男の間に割って入り、男の拳を片手で軽く受け止めた。

「なんだおまえは！」

しゃらくせえ、と男は虞淵相手に飛びかかる。が、虞淵は男をものともせず、軽くいなしてしまった。さらに腹に一撃を与え、身体が傾いた男を床に倒して肘を取る。その間わずか数秒。

倒された男の顔は、すぐさま苦痛に歪《ゆが》んだ。

「これに懲りたら、もうむやみに脅して回るのはやめたほうがいいでしょうね。未遂とはいえ、恐喝ですから役人に引き渡しましょうか」

笑顔を見せながら、床に伏している男へ煌月が言うと、男は途端におどおどとし出した。おそらくこの男はこうして店を脅して回っている常習犯なのだろう。役人に引き渡されたことも一度や二度ではないのかもしれない。となれば、今度捕まったら罪は重くなり、処分も手ひどいものになることは想像に難くなかった。

「だから言ったでしょう？　さっさとお帰りになったら、と。どうします？　もう二度とこの店で悪さをしないと誓えるのでしたら、放免にして差し上げますが」

美しい笑みとは裏腹の冷たい声を煌月が男に向かって放つ。

「す、する……！　するから……っ！　悪かった！」

「そうですか。本当にもうしませんね？」

「しっ、しないから……！」

ギリギリと虞淵に締め上げられてはたまったものではない。なにしろ笙の将軍だ。この程度の男、赤子の手をひねるようなものだろう。

虞淵に掴まれた男の腕が鬱血し、赤黒かった色も、そろそろ紫色に変わっている。このままでは血の巡りが悪くなって壊死《えし》してしまう。

「わかりました。――虞淵、放してあげて」

煌月が虞淵に一言告げると、虞淵は手の力を緩めた。きっと男の腕は今麻痺《まひ》しきって、感覚もないのに違いない。現に男は腕に力が入らないというようにだらりと下げている。

「さ、ではどうぞお帰りを。……また悪さをしているところを見つけたら、今度こそ役人に引き渡しますからね」

極上の笑みをたたえて、煌月は店の扉を開ける。

男は這々《ほうほう》の体《てい》で店から出ていった。その顔の色はひどく青ざめていたし、また後ろ姿も腰がひけてとても大きな顔をして脅していた男のものとは思えなかった。

「あ、ありがとうございます……！」

李が煌月と虞淵へ叩頭する。心底安心した、という表情だった。

「たやすいことですよ。たいしたことではありませんから。ですが、お店が少し散らかってしまったようですね」

煌月が店内を眺め見る。薬の入った壺が転がったり、木箱がひっくり返ったりしている。内心もったいない、とでも思っているのか落胆した表情を浮かべた。

「いえいえ、とんでもない。おかげさまで余計な金子《きんす》を与えずにすみましたし……難癖をつけてくる手合いはときどきいますが、さすがにあのような大男に来られますとどうにもできないのが……」

「なるほど。……逆恨みされることも考えられますし、しばらく役人にこのあたりを見回ってもらうように頼んでおきましょう」

「えっ、そんなことできるのですか」

李は驚いたように口にする。

「ええ、この……虞淵が役人と懇意でね。そのくらいでしたら」

言うに事欠いて、なにを言い出すんだ、とばかりに虞淵は煌月を睨みつけていた。なんでもかんでも安請け合いしやがって、という気持ちが顔に表れている。

結局尻拭いをさせられる虞淵は横を向いて大きな溜息をついていた。

「大変お待たせしました。では参りましょうか」

煌月は自分の買い物をすませると、大捕物をしたとは思えないほど涼しい顔を花琳たちに向けた。

第三章　煌月《こうげつ》、踊る病の噂を聞く

「――で、あの方々が氷《ひょう》の公主様とお付きの方という証拠はどこに？」

花琳《ふぁりん》と白慧《びゃくけい》を王宮へ連れ帰ったところ、丞相《じょうしょう》である劉己《りゅうき》とその息子であり煌月《こうげつ》と虞淵《ぐえん》の兄代わりである文選《ぶんせん》は煌月に訊いた。文選も尚書《しょうしょ》として煌月に仕えている。

偽物であった場合、即刻追い出してしまわなければならないと、文選は息巻く。世の中には狡猾《こうかつ》な者も多い。

ときどき妙なものをホイホイと拾ってくる悪癖のある煌月ゆえ、文選は普段から慎重にならざるを得ないのである。拾いもので弱みを握られてはたまらない。一見上品な少女と侍女ではあるが、見た目と中身が異なることは多々あるのだ。そのためついつい口うるさくもなるのだが。

「手形はもちろんだが、花琳様の簪に緑色の玉が使われていた。氷では公子様、公主様に緑色の玉を身に着けさせる。それに――」

煌月は昨日花琳が賊に拐かされそうになったところを助けたことから、今日再び出会ったところまですべて詳《つまび》らかに文選に話した。あの賊はおそらく花琳の素性を知ってことに及んだのだろう。でなければああも周到に立ち回れるはずがない。また喬の王太子の死についても伝えた。

話を聞いて文選は驚いただろうが、表情を変えることなく「そうですか」と呆れたように言った。笙の中枢にいつでも冷静な態度と明晰《めいせき》な頭脳で淡々と対処する彼がいるからこそ、ここは崩れずにいる。

「まったくなんという……氷の公主様をお救いできたのは褒めて差し上げるべきでしょうが、勝手が過ぎます」

文選がひときわ冷たい視線を煌月によこし、呆れたように息を吐いた。

「まあ、なぜあのような装いで、しかも隠れるように喬へ向かうのか……それは詳しく話を聞かなければならないが」

そこまで言うと、文選が「確信はありませんが」と言葉を続けた。

「花琳様方が喬へ向かわれる理由と、主上《おかみ》をお呼び立てしたことは関係があると考えられます。ですので……まあ……花琳様をお連れいただいたことはきっとなにかの縁かと」

「ほう、だったら市中に出た甲斐《かい》もあったというものかな」

煌月のその言葉に文選がキッと睨みつけた。

「それはそれ、これはこれ。いくらなんでも笙《しょう》の王ともあろう御方がふらふらふらふらと四六時中歩き回っていいわけがありますか！　だいたい、昨日も出歩いて今日もなんてどういうことですか。調子に乗るのも大概になさってください！　おかげで私も父もあなたの尻拭いをするのに必死ですよ！」

どうやら藪蛇《やぶへび》だったらしい。しまった調子に乗りすぎたかと、煌月は慌てて殊勝な態度に出る。

「すまない。薬種問屋に頼んでいた生薬があったのでな。どうしても今日出かけたかったのだ」

「生薬くらい急ぐものでもないでしょうに」

やはり虫の居所が悪いのか、普段ならこの程度の言い訳でも解放してくれるのに、今日に限ってはみっちりと説教をしたいらしい。

「それは違うぞ、文選。王不留行は採取日や根の向く方角に決まりがあって、そのとおりに採取しなければ意味がない。今回はそのぴったりのものを李殿が探し当ててくれたのだ。特に根だ。根の方向というのがなかなか難しくてな、以前に根の方向違いのものを摑まされたことがあるが、これがまったく効き目が薄い。今回入手できたのは正真正銘の良品なのだよ。これから、こいつを黒焼きにして――」

「主上……もうよろしいです。よくわかりました。諸々お話は後ほど伺いますから、まずは私から報告をいたします」

はあ、と文選はしかめっ面をし、大きな溜息をつく。

生薬の話をしはじめたら、煌月は長い。王不留行についてもその製剤の方法やら、薬効やらを長々と語りはじめるのは明白だ。そして文選は忙しい。生薬の蘊蓄《うんちく》など聞いている時間は彼にはなかった。

「それじゃあ、俺はお役御免だな。またあの嬢ちゃんたちのことがわかったら教えてくれ」

無事に煌月を捕まえてきた虞淵が声をかける。一仕事終えてやれやれといったところか。

「ああ。虞淵、ご苦労だったな」

「まあ、煌月のお守《も》りは俺と文選の役目だ。とはいえ人使いが荒い。今度はせめて飯の後にしてくれると助かる。腹が減って減って。途中饅頭の匂いに誘惑されそうになるのをこらえたんだからな、褒めてくれよ」

「饅頭を我慢したのは褒めてやる。ただ、文句は主上に言ってくれ」

やはり呆れ声の文選に、虞淵はハハと声を立てて笑った。本来であれば、笙王にこんな口を利いては不敬に当たるのだろうが、気の置けない者同士とあってざっくばらんな口調になる。

虞淵が立ち去った後、劉己と文選は人払いをした。

「――で、虞淵に使い走りを頼んでまで、私を呼び戻したのは？」

煌月が本来の顔に戻る。劉己と文選が顔を見合わせた。

「そのことでございます。実は喬《きょう》にいる私の甥《おい》が訪ねてきたのですが」

「甥御殿というと、高垣《こうえん》殿か。学問のために喬にいるということだったな」

「はい。喬で高僧のもと、修業に励んでおりました。三年、という約束で寺に籠もっておったのですが、三年が過ぎてその甥が戻って参りました。表向きは約束の期間が終了したということですが、明らかに筐の人間を寺院から排除したいという思惑があるようです」

劉己が淡々と語る。

「――企《くわだ》ての匂いを嗅ぎつけたということだな」

煌月は劉己に先回りをするように口を開いた。

「さようでございます。どうやら喬の王太子殿下――朱大烈《しゅだいれつ》殿下には縁談も持ち上がっていたとか」

「……ということは」

「はい。それが――どうやら冰、との噂がございます」

「それゆえ花琳様が、ということになるわけだな」

「そうでございましょう。思うに、内密にことを進ませたいのでしょう。喬へ輿入れするにはたくさんのしきたりがあると聞き及んでおります。かなり時間を要しますゆえ、その間に妨害工作が行われないとも限りません」

「そういうことか。この縁組みを面白く思わない者がいるということだな。しかしその当の王太子殿下が亡くなったとなれば……」

「一大事でしょう。まだ正式に報《しら》せは届いておりませんが、それが本当なら喬にとっても、冰にとってもかなりの番狂わせになりました」

「ああ。ここで滞りなく花琳様がお輿入れなさっていたら、こちらへの影響も大きかったことだろう。……それにしても喬は思い切ったことを」

花琳の国、冰は小国ながら、鉄鉱石の産出が多く、よって、武器製造に秀でた国である。また火薬製造も大陸一と言われている。喬では特に鉄の産出がなく、そのため冰からの取引が多いと聞く。また、実は繹も大国とはいえ、武器製造の技術に劣るところがあり、冰の武器と火薬を頼りにしているのであった。

笙は、というと、ここで手に入らないものはない、と言われているため、冰だけでなく西方の武器も入手しようと思えばできる。ただ、それを他国には内密にしているため、表向きは「できない」ことになっているが。

「ええ。終わった話になるのかもしれませんが、ただの縁談であれば、さほど気にもなりはしませんでした。ですが少し前に喬の丞相が……管庸《かんよう》殿が病にお倒れになり、京淑《けいしゆく》なる者に代わったとかで、随分様子が変わってきたのは実感しておりました」

「京淑……はじめて聞く名前だな」

「ええ。なんでもまだ若いのだとか。型破りだという評判だけは耳にしていましたが、人となりが一切伝わっておりません。ですが、相当の知恵者のようで」

「そうすると、このたびの王太子の縁談もその京淑という丞相がお膳立てしていた、と考えるべきだろうか」

「おそらく。氷との結びつきを強めることで、繹《えき》よりの圧力を弱めたいと考えていたのかもしれません。あるいはもっと強気に出たかったとも。近頃、繹と喬の間において、国境付近で諍いが絶えないと聞きます。こちらも高垣が聞き及んで参りましたが、喬の民が繹の警備兵たちに虐げられているとか。繹の兵の傍若無人な振る舞いに喬では反発が大きくなっておりますゆえ、喬が繹に背くのも時間の問題ではないかと思っておりました。その矢先でしたので」

「そうか。……王太子殿下については、まだ噂の域を出ておらぬゆえ、引き続き事実かどうか探ってもらいたい」

「かしこまりました」

そつのない文選のことだから、すぐにでも密偵を送り込むはずである。

「とはいえ、花琳様は気の毒なことだ。ことの次第がはっきりするまでこちらに滞在いただくのがよいだろう。詳しくはお話しにならなかったが、隠密での旅だったとすればすべて納得がいくね。なるほど」

「そうですね。それより、なーにがすまして『なるほど』ですか。喬の王太子は主上よりもずっと年下だったんですよ。主上こそ、正妃をお迎えしてもおかしくないお年頃だという自覚がないんじゃないですか？　というか、後宮に寵愛《ちょうあい》する妃の一人もいないし、それどころかお渡りすらなく、干からびてきているともっぱらの噂。多くの宮は空いていて蜘蛛《くも》の巣が張っていると聞きますし。葉っぱや根っこにご執心もいいですが、いい加減国のことも考えてくださらないと。いくら主上が葉っぱや根っこを愛していても正妃にはできないんですからね」

横から文選が呆れたように言い、その隣で劉己がうんうんと頷いていた。

煌月ももう二十二。正妃を迎えて当然の年頃。

だが、後宮には正妃どころか寵愛する妃嬪すらいない。

宮女にきれいどころをいくら取り揃えても、指一本触れないという無関心っぷり。一部の宮女の間では煌月が女性に興味を示さないのは、もしかしたら虞淵とデキているのではという……ありがたくもない噂すらあるらしい。

そんな噂を虞淵が耳にしたなら怒り狂うだろう。なにしろ彼はかなりの女好きなのである。惚《ほ》れっぽくて、暇さえあれば女性の気を惹《ひ》こうとしているような男だ。ただし、腕は立つし聡明な男に変わりなく、そこそこいい男なのだが、女性の心の機微に疎い。気の利いたことができず、また言葉も足りないため、だいたいすぐに振られてしまう。

幼なじみ二人の恋愛模様に関しては前途多難だ、と思うものの、すでに妻子のいる文選は正直なところ火の粉が降りかからなくてホッとしている。早くに妻を娶《めと》ってよかった、と、子煩悩の男は思うのだった。

ただ煌月にも言い分はある。

正妃を迎えてもいいが、おそらくすぐにその女性を命の危険にさらすことになりかねない。煌月はそう思っているため、なかなか踏ん切りがつかないのだ。

命の危険にさらす、というのは大袈裟でもなんでもなく、実際そうなるのが目に見えていた。というのも、煌月自身が現在進行形で命を狙われているためである。

煌月は彼が即位してから今まで、一日たりとも気が抜けないほど、常に暗殺と隣り合わせで過ごしている。煌月は対外的にはぼんくらで通っており、無害と巷《ちまた》では言われているが、それでもやはり生きていられては困る者もいるようだ。

即位したての頃には、ほぼ毎日のように刺客につけ狙われていた。あまりに多すぎて、思わず笑ってしまうほど。というか、笑っていなければ、やりきれなかった。

手段は様々だが、やはり一番多い手口は毒殺。

毒の種類も正統派の砒素《ひそ》に水銀、鉛など金属の類《たぐい》から、動物毒に植物毒。中でも金属や植物毒は隙あらば食事に混入される。

曼陀羅華《まんだらけ》に附子《ぶし》、石蒜《せきさん》、樒《しきみ》、およそ入れられていない毒草はもはやないのでは、というほど、これまでありとあらゆる植物毒に接してきた。むろん、食事だけではない。皮膚に触れるもの、吹き矢などで、刺し傷、切り傷から入り込ませる毒もある。そして動物毒ももちろん忘れてはいけない。たとえばサソリにカエル、クモ、そして蛇などがうっかり寝台に忍び込んでいる、なども日常茶飯事で見飽きた光景。また、毒に慣れるうち瞳の色も変わっていき、金色に見えるようになっていた。

おかげでこの毒はどういう効き方をするのか、どのように使われるのか、と興味を抱くように……毒が薬でもあるということを知り、調べていくうちに薬に対して非常に詳しくなり、また探究心も芽生えたのが煌月が名医並みに薬を扱えるようになった大元だった。

——だからそういった環境に果たして正妃を迎えることができるのか、と煌月はいつも悩んでいた。本来であれば政治や外交的な意味合いでも、他国と同盟関係を結ぶのに手っ取り早い方法の婚姻という手段はいち早く取り入れるべきだと考えている。だが反面、この後宮に入るということは、死と背中合わせだということでもあるのだ。ゆえに今ひとつ気乗りがせず、今日までのらりくらりと縁談を躱していた。

おまけにあの美貌だ。

煌月が本気になれば宮女がいくらでも寄ってくるだろう。世継ぎについてどうしても必要となれば——いざとなったらなんとかなるのでは、と周囲が楽観視しているのも、正妃を迎えずにいる一因かもしれなかった。

「あの魑魅魍魎が跋扈《ばっこ》する後宮に入ったが最後、生きて出られないかもしれないのにか」

煌月が冷たく返してくるので文選は肩を竦める。

「お気持ちはわかりますが、いい加減正妃をお迎えしないというのも。せっかく主上は顔だけはいいんですから。ええ、ぼんくらでも顔だけは。主上がにっこり笑えば、いくらでも輿入れしたいという方が殺到しますよ」

「ぼんくら、ぼんくらって、強調せずとも」

「おや、気に障りましたか。まったく主上の演技力もたいしたものだとは思いますが、しかし他国を欺きたいのでしたら、やはりそれなりに体裁を整えていただかないと。主上だって虞淵とねんごろ、などという噂が流れるのは不本意でしょう?」

「それもそうだ。虞淵と、というのはさすがに遠慮したい」

本当に嫌そうに首を横に振る。

最近の文選は劉己よりも小言が過ぎる、と耳を塞ぎたくなったが、彼が心配するのも理解できる。婚姻は一番わかりやすい外交だ。繹の支配下にありながらの外交というのは、さじ加減が難しい。下手を打つと、笙などすぐさま繹に押し潰《つぶ》されてしまう。ゆえに慎重にならねばならない。

そしてまだ笙という国は公主を差し出しても利があると思わせるくらいには、交易という切り札があった。特に西方との交易は、大陸にはない貴重な品々があり、食物も軍備も西方文化を取り入れたい、そう考える国々が多い。そしてその交易のためには笙の割符が必ず必要なのである。とすれば、笙との結びつきというのはなによりも魅惑的なものだろう。

「ともあれ、喬の動向には今以上に気を配らねばなりません。それから主上にはこれまで以上にお出かけに気を遣っていただきたいものです。街のあちこちに密偵やら刺客やらが潜んでおると考えられますゆえ――で、本日のお出かけに関してですが、先王を殺害した毒についてはなにか収穫がございましたか」

文選はひととおり小言を言って、ひとまず満足したようだった。

「いや……やはりわからずじまいだ」

嘆息し答えると、文選も小さく息をついた。

「そうでしたか」

「あれから十年、いまだにあの毒の正体がわからない。当時は私もまだ幼かったからな。父上と母上が倒れていたことばかりに気を取られて、肝心の毒にはまったく興味を持つこともなかった……黒酸塊《くろすぐり》のような実があの場に一粒、二粒散らばっていたことだけは覚えているのだが。だからおそらくあの実が死因なのだろうが、十年経ってまだあの実と同じものを見たことがないのだ」

煌月の毒物に対する執着ともいえる思いは、自身が毒殺の危機に遭っているだけでなく、両親の死にも関係していた。

十年前――。

先王と王妃が毒殺されたのは繹が兵を挙げる前日だった。国王が殺害されたその混乱の最中、繹の挙兵により、意表を突かれたことで笙の指揮系統が乱れ、まんまとしてやられた。

先王の暗殺と繹の侵攻に関わりがないとはとても考えられなかった。おそらく宮中に彼の国の刺客がいたのだろう。煌月が覚えているのは、遠目で見た父と母が寝台で寄り添うように倒れていた姿と、その脇に散らばっていた黒い実だけだ。

それだけがいまだ鮮やかに目に焼きついている光景だった。

両親を殺《あや》めた者の正体を探りたく、そのため先王と王妃の死をもたらした毒物の正体を十年経っても追っている。というのもその毒物は非常に珍しく、その正体がわかれば犯人に近づけると思ったからだ。

しかし十年探し続けてもその正体が掴めない。あのときこの目で見た黒酸塊のような黒い粒がたぶん毒の正体なのだろうが、当時はまだ煌月も幼く、両親の遺体に近づくことを許してはもらえなかった。そのため、直接あの粒を手にできなかったことが悔やまれてならない。幼いことの不自由さをつくづく実感した。

「黒酸塊……ですか？」

「黒酸塊にはなにも毒はない。だから、あのときのものは違う実だと思うのだ。色は似ているが、大きさが――こちらで見かける黒酸塊の実よりももっと大きかったように記憶している。おそらく西方のものだろうが……」

「お気持ちはわかりますが、今は目の前のことに集中なさいませ。主上のお仕事は民の暮らしを守ることのみでございますよ」

「わかっている」

煌月は返事をしながら、こうして花琳らと出会ったことになにかしらの縁を感じていた。もしあのとき彼女を助けなかったら、先々のことも後手に回っていた可能性がある。

(喬と冰の縁組み……これで双方に同盟が結ばれていたら、喬は繹を出し抜いた、ということになった。繹はそれをおとなしく見ているわけがない。だとすれば……王太子が亡くなったというのも……?)

ひとつの可能性を想像して煌月は小さく首を振った。

笙と冰とは古くから協力関係にあり、よって、繹もその繋がりをもって冰との交易をなしている。ここで喬と冰とが同盟関係になるなら繹にとっては非常に不愉快なものになっていただろう。

ひとまずこちらも巻き添えを食うことを考えて、なにかしらの策は用意しておく必要がある。繹の黄鵬《こうほう》はたいそう気が短い。しかも疑り深く酷薄な性格を持ち合わせている。

ことさら慎重な対応をせねばならなかった。

思案に暮れながら広間へ向かう。

「申し訳ありませぬ、遅くなりました」

広間にはすでに重臣らが参集していた。いつもなにかしら言い訳をしながら、廟議《びょうぎ》を欠席する者も今日に限っては珍しく顔を見せている。喬の朱王太子の逝去の噂に彼らもさすがに焦りを抱いたのだろう。

「文選」

煌月に名を呼ばれ、前に出る。

文選は煌月や虞淵から聞いた話を報告した。

「暗殺とも言われているようですな」

仕えて長いだけの宰相が得意げに口にする。

でっぷりとした体格で、脂ぎった顔のその宰相は単なる噂話をそのまま口にしただけで、自ら調査したわけではない。後先考えずに口にする軽率さは他の家臣から裏で嘲笑されている。ただ、このうかつな男は持ち前の口の軽さがあるため、ときに利用のしがいもある。

ことに意図的に噂話を広めるにはうってつけである。そのためだけにまだこの地位を保っていられるのだ。

ただし、今回の場合はその口の軽さについていささか注意をしておかなければならないだろう。

喬の国内でも、王太子の死は暗殺説がまかり通っているらしい。哥《か》で一番情報が早いのは商人だ。すでに蓬莱街ではそんな噂が流れていた。宮中で、後宮内のいざこざが原因なのではないかとか、国王の逆鱗《げきりん》に触れたのではとか、様々な憶測が流れていた。いずれにしても噂話の域を出ない。その程度のことを仮にもこの国の重臣が広めては沽券《こけん》に関わる。文選は内心で能なしめ、と罵《ののし》りながらもそれを表に出さず「まだ憶測の段階でございますゆえ、どうかご内密に」と慇懃に言った。

「わかっておる。軽々しく口にはできぬからな」

はっはっは、と場にそぐわない下品な笑い声を上げ、ここにいる誰をもしらけさせる。それも皆、いまさらのことと誰も取り合うこともなかったが。

「他になにか耳にした者があるか」

煌月は訊ねたが、誰ひとり、声を上げようとはしない。

この微妙な間が、互いに腹を探り合っているようで、うんざりとする。情報を持っていて意図的に口にしないのか、本当に知らないのか。

どうでもいいが、と煌月はこの形ばかりの廟議をいつもながらバカらしく思う。

「文選様」

ひっそりと後ろから文選へ声をかける者があった。

喬から真っ先に王太子の死を伝えにやってきた密偵である。

「失礼ながら、少々お耳を拝借いたしたく」

このような場で敢《あ》えて言うからには、なにかあるのに違いない。文選はそっと一歩後ろへ下がり、「手短かに」と言いながら彼の言葉に耳を傾けた。

「――喬で奇妙な病が流行《はや》ってございます」

「奇妙な病？」

「はい、王太子殿下が亡くなる少し前あたりからのことですが、夜中に踊り出す者がちらほらと。その病に罹《かか》ると治療の施しようがなく、いずれ死んでしまうのです」

この言葉だけ聞いたなら、朝議の最中に言上すべきことではないと言い放っただろうが、彼の表情は硬く、単なる与太話ではないと判断する。

「踊り出すなど、ただ気が触れただけではないのか」

「私もそう思っておりました。が、そうとは言い切れない部分もございます。少なくとも、喬では法螺話《ほらばなし》と言えない程度には……。実はこのわたくしも夜中に奇っ怪な叫び声を耳にしたことがございます」

聞くと、その病に罹るとある日突然悪夢や幻覚を見て、現《うつつ》と夢の境目がわからなくなり、やがて踊り出す。そして踊り出したら最後、足が腐るまで踊るのだと言う。

足が腐る、と聞いて文選も眉を寄せた。

まるで想像がつかない病に、現実味を感じることはできない。すると彼はこうも言った。

「王太子殿下も、幻覚を見続けて亡くなった……そのように口にする者がいたのでございます。それが宮中に仕えている者からの話だったものですから」

「……そんな病があるのか」

はい、と彼は言う。

喬の都で一番はじめにその病に罹ったと言われるのが、妓女だったらしい。

妓楼で夜中に踊り続け、気が触れたと思うなり、高い場所から飛び降りて自ら死を選んだという。

もちろん、これはその妓女の気が触れた、とだけで片づけられたのだが、その後も次々に他の妓女も同じような病に罹り、結果その妓楼は商売を続けていけなくなってしまった。

それが半年前のことだったようだ。

その妓楼はかねてより妓女の扱いに難があり、ほとんどの妓女は辛《つら》い目に遭っていたようだった。一番はじめに亡くなった妓女も一晩で何人もの客を取ることを強制され、できなければ食事もろくに与えてはくれなかったのだという。だから飛び降りて自らの命を絶ったのは当然、と周囲は思ったのだった。

そのため妓楼で夜中に踊り続ける女が次々現れたのも、妓女の怨霊が取り憑《とっ》いただの、恨みによる呪いだのといった話があったほどだ。

妓楼の閉鎖でこの件は片づいたと思っていたのだが、今度は妓楼からまったく離れた街外れの集落で妓女と同様の様子を呈して奇声を上げながら手足を動かし続けた上に亡くなる者が現れはじめた。

都中に蔓延しだし、そうなるともう呪いとも言えず、謎の病として市中で恐れられるようになってしまったらしい。

「王太子殿下もその病に罹ったという噂がございます」

「……心に留めておく」

厄介なことになりそうだ、と文選は直感した。奇病と聞くとまた煌月の好奇心の虫を刺激することになるだろうが、だからといってけっして聞き流すことではないように思えた。

廟議はひとまず状況の報告にのみ留まったが、文選は先ほど聞いた病のことが妙に気になった。

笙では密偵が口にしたような病の話を聞いたことはない。密偵自身の目で確認してはいないから、なんとも判断に困るがここはひとつ煌月の耳に入れたほうがいいかもしれない。

煌月ならもしかしたらその病について知っている可能性もある。

重臣らが退《ひ》けた後、文選は煌月の元に急ぐ。都合よく部屋に戻る途中の回廊で、煌月を捕まえることができた。

「煌月様、お耳に入れたいことがございます」

その場では人がいるため庭に出て、四阿にて密偵から聞き出した夜中に踊り出す病のことを煌月に告げた。

ちょうど設えた池に流れる小川のせせらぎが自分たちの話し声をかき消してくれる。

「煌月様はそのような奇妙な病についてなにかご存じでしょうか。私にはとても本当のことは思えないのですが、あの者は冗談などけっして申さず、信頼できる者でございます。ただやはりいささか現実味に欠けている気がいたします」

「そうだな。踊る……幻覚を起こすような植物はなくはないが……ましてや足が腐るというのは私にも心当たりがないが……」

煌月も戸惑っているらしく首をひねっている。生薬や病のことについて日々学んできた彼でも、すぐに返答できないことがあったようだ。

「おかしな事態になったようだな」

「ああ」

互いに口数が少なかった。いつも冷静な文選も混乱しているのかもしれない。次から次へと予想外の事態が転がり込んできて、思考を立て直すのが難しい。

ややあって、虞淵が姿を見せた。

「話は聞いた。伝令が第二報を持ってきた。病死らしい」

「病死？」

虞淵の言葉に煌月と文選は顔を見合わせた。

王太子が病に伏していたという話は耳にしたことがない。こちらが情報に疎いのかもしれないが、その可能性は低い。

もし王太子が病に伏していたなら、花琳と縁組みを考える場合ではなかったのではないか。どうしても縁組みをしたい事情があったとでもいうのか。

揃って、腑《ふ》に落ちない、という表情を浮かべる。

「病死というのはいささか考えがたい」

文選がきっぱりと口にした。

「それは俺も思うが、それほど言い切るにはなにか根拠があるのか」

「先だって、私の従兄が喬から戻ってきた話はしたな？」

虞淵も煌月も頷く。喬の僧院で修業をしていたが、追い出されたという話だった。

「高垣《こうえん》殿であろう。その際に喬の丞相が変わったという話は聞いたな」

「ああ。実は従兄は王太子殿下のお姿を比較的最近お見かけしたらしい」

「ほう」

「近々大きい行事があるということで、厄除《やくよ》けのご祈禱で宮中に僧が呼ばれたことがあって、その際、従兄も随伴したというのだ。といっても従兄はただの小間使いとしてお供したというのだがな、それでもわずかな時間ではあったが王太子殿下の御前に侍することができたらしい」

大きい行事というのはもしかしたら、花琳との婚礼、であるのかもしれない。であれば、その婚儀が恙《つつが》なく調《ととの》えられるように厄除けの祈禱くらいはするだろう。

「それで?」

「ピンピンしていたようだが。とても病弱そうな御方ではなく、むしろしっかりした身体つきをなさっていて……だから常に床に伏せっているというような印象ではなかったようだが」

「ふむ……なるほどな」

「病死、というのが嘘だとするなら——殺められたか」

煌月は自虐気味に口にする。まったく一国の王というのは不自由なものだ。常に死と隣り合わせである。煌月自身は王の座などいつでも誰かにくれてやってもよいと思うが、民のことを考えると、おいそれとこの座を渡すわけにもいかない。

「そう結論を急ぎなさんな。……ただ、もしかしたらこの件、案外根が深いのかもしれない。……くそ、情報が欲しいな」

文選には珍しく、荒い言葉遣いをする。

「文選様！　文選様！」

声を上げ、慌ただしく回廊を焦り気味に走ってくる武官の姿があった。

その声に、文選も煌月も視線を向ける。

武官は文選の姿を見つけるなり、駆け寄ってきた。

「文選様！」

しかし、側にいた煌月の姿を目にして膝をつき、叩頭する。

「た、大変失礼いたしました。主上がご一緒とは思わず……」

「構わぬ。文選に用があったのだろう。続けるがいい」

武官の慌てようから、それなりのことがあったと煌月は彼に声をかけた。

「はっ、恐れながら申し上げます。——繹が喬との国境近くにて兵を挙げましてございます」

喬の王太子の訃報からまだわずかというのに、繹が兵を挙げたと聞き、煌月と文選は顔を見合わせた。

昔——同じような状況に自分は居合わせた、と煌月は十年前の父王の死を思い出す。元遼王が亡くなるや否や、繹は挙兵し笙の国へ飛び込んできたのだ。

あのときとまるで同じだ、と煌月は目を見開いた。

繹の挙兵の報せは笙の軍隊にも動揺を与えた。

すぐさま各将軍は国境の警備を厚くし、すぐにでも戦ができるように備えをする。が、それも数日のことで繹の兵は挙兵はしたものの、喬側の守りに圧倒され、あっさりと引き上げていったらしい。

「なんでも喬の丞相殿、京淑殿と申されたか、彼の御仁の采配が見事だったらしい」

繹が喬へ攻め込んだ後は笙へも流れ込む可能性があるということで、自ら国境に赴いた虞淵が戻ってくるなり感嘆の声を上げていた。

というのも、繹の兵三千に対し、喬では五千の兵で迎え撃ったというものだった。突然の挙兵にもかかわらず、数を上回る兵を差し向けることができたというのは、おそらく先を読んでいたからだろう。

「まさか五千の兵で出迎えられるとは思っていなかったのだろうな」

「繹は喬が王太子の逝去で動揺しているところにたたみかけたかったのだろうよ。だが、京淑殿の読みのほうが上回ったということか。——繹は弱いところを叩くのが非常にうまいというか、得意というか、好みの戦法だな」

「十年前もそうだった」

「黒檀山か」

「ああ。あのときも、元遼王がみまかられてすぐだった。汪飛然《おうひぜん》殿の顔色を私は今でも覚えているよ。あれほどまでに猛《たけ》った顔、私はあれから見ていない」

長く仕えた帝の死を悼む間もなく、戦場で指揮をとらねばならなかった虞淵の父の気持ちはいかばかりだったか。

あのとき、虞淵と文選が側にいてくれたおかげで、自分は取り乱さずにすんだ。そして汪飛然や劉己らが力を尽くしてくれたからこそ、今の自分とこの笙がある。きっと喬にとっては、京淑という丞相が、笙においての劉己や汪飛然なのだろう。

「以前、喬が繹へ反旗を翻すことを考えているらしい、という話があっただろう?」

虞淵は話を変えた。

「どうやら、その気配を繹が感じ取っていたらしく、王太子殿下の逝去に関しても繹が一枚噛んでいる、と喬では確信していたようだ。逆らう者への制裁、見せしめとしてということのようだが。だから、京淑殿はすぐに繹がなんらかの動きを仕掛けてくると踏んだのだろう。それで今回のこともいち早く手を打ったらしい。繹の手口は……言い方は悪いが、とことん打ちのめさねば気がすまない国だからな、あそこは」

「やり返すことができない、というところまで叩くのがあの国だ。それをわかっているからこそ、京淑殿は繹の動きを読み切れたんだろう」

「……そういう話だ」

「だが、繹の手の者による暗殺というには不明な点が多い上、踊る奇病のことも気にかかる。謎が多いな、この件は」

暗殺なのか、奇病なのか確たるものはないが、偶然とも思いがたい非常にいい頃合いで繹が挙兵したことを考えると、やはりそこに意図的なものがあったと思えなくもない。

奇妙な事件だ、と煌月は首を傾げた。

「ともあれ、喬は……喬王もだが京淑殿は大変だな。これから国を立て直していかねばならない。みまかられた王太子殿下の他にお世継ぎはいらっしゃるのか？」

「他にまだお小さいが、お二人いらっしゃるらしい。お一方は生まれたばかりで、もうお一方も三つとか四つとか聞いているが。しかし、亡くなられた朱殿下は非常に聡明な方だったと聞く。喬王のお嘆きはそりゃあ大変なものらしい」

「さぞかしお気を落とされているだろうな。おいたわしい。それにしてもなんということだ」

焦る気持ちが煌月の口調に表れていた。喬の王太子の死がこの筐を巻き込みかねない。というより、現在、花琳たちがこの宮中に滞在している以上、巻き込まれているも同然ではあったが。

しかし、花琳らがここにいることによって、得られているものもある。冰側の動きをいくらかは読めるとあって、少なくとも遅れを取るということはなさそうだ。

「――王太子殿下の死ともあれば、盛大に葬儀を執り行うことになろう。向かわせる者も選ばねばならん。正式な使者がやってくる前に、ひとまずは皆を集める」

「御意」

「文選に冰からの客人のほうは任せたと言っておいてくれないか」

「わかった」

不意に飛び込んできたこの報せにあの無邪気な公主はどのような反応を見せるものか。元気で明るい花琳だが、さすがにこれはこたえるだろう。あの子の顔が曇るのはあまり見たくないな、と煌月は眉を寄せた。

第四章

花琳、紫龍殿《しりゅうでん》を堪能す

遙かに見える黒檀山が新緑の爽やかな色に覆われ、目にも清々《すがすが》しさを感じさせていた。

正殿には黄色い幕が張られ、ひときわ高い場所は王だけが使うことを許される鮮やかな紫色の幕で彩られている。そして中央には宝玉が埋め込まれた見事な螺鈿《らでん》細工の椅子が置かれていた。

銅鑼《どら》と鈴の音とともに煌月《こうげつ》が姿を見せる。

龍の文様を配した目にも眩《まぶ》しい黄袍に身を包んだ美しい若い王に誰もが見とれた。

(本当に笙《しょう》王だったのよね)

煌月の正装を見て、うっとりとしつつ形ばかりの挨拶をする。

ここにいる以上、身分を隠していても下手に探りを入れられるだけであり、だったらいっそのこと堂々と身分を明かして正式な客人として招かれた、ということにした。

ひとまず、花琳《ふぁりん》と白慧《びゃくけい》、そして風狼《ふうろう》は宮中にある永寿殿《えいじゅでん》という斎殿にほど近い宮殿にしばらく滞在することになったのである。

そのため、白慧も女装ではなく、元の宦官としての姿に戻る。

冠をかぶり、控えめながらも上質な礼服、腰帯には見事な細工の佩飾《はいしょく》が垂らされてどこからどう見てももう女人ではなかった。

花琳も煌月から贈られた裳《も》に、薄物の衫《ころも》を羽織り、美しい紅色をした絹の帯で結んでいる。きれいに身なりを整えた彼女の姿はやはり公主にふさわしい佇《たたず》まいだった。

顔を見合わせて、形式張った挨拶を交わす。

煌月は後から事情を聞くと言っていたが、あれから結局話ができなかった。

なにしろ王宮に入ったとたん丞相の劉己《りゅうき》と文選《ぶんせん》という高官が待ち構えていて、煌月を連れ去ってしまったのである。

——申し訳ありません。ともあれごゆっくり滞在なさっていただきたい。

煌月のはからいで国賓として迎え入れられ、ひとまず安心する。

おかげで夜は早速『桃薫伝』第五帖をじっくりと堪能することができた。脇目も振らず一気読みである。

（はー……もう……最っ……高……っ。あの皇帝陛下が踊り子を悪漢から奪い返したときのかっこよさときたら……っ。尊い……尊いわ……）

はあ……、と昨夜の興奮の余韻がまだ残っているとばかりに、思い出してうっとりとした。

（最終巻はどうなるのかしら……早く読みたい……っ）

第五帖の最後、二人は結ばれるのだが、最終巻の第六帖がまだ残っている。ということは結ばれても終わりではないということだ。しかも結ばれているのに不穏な空気が漂っているままで続いており、やはり目が離せない。

結ばれたところで花琳は大号泣してしまい、おかげで今日は目が腫れてしまったのだが。

（『桃薫伝《か》』を読み終えたら次は『山楂樹夢』を読まなくちゃ）

当分哥の街に滞在できるとあって、花琳はホクホクである。そのうちまた白慧に頼んで書肆に連れていってもらわなくちゃ、とほくそ笑んでいる。

しかも昨日から至れり尽くせりである。最近氷《ひょう》の後宮でも話題になっていた、調香師の香が焚《た》かれていてさすが、と感激したものである。

（あの香、お土産《みやげ》にいただけたらいいのに）

まだ詳細は不明だが、仮に喬の王太子が亡くなったとあればこの縁談はなくなったと言える。わざわざ危険を冒して出向く必要などかけらもないのである。であれば、自分たちは来た道を引き返して懐かしの氷へ帰るだけなのだが。

けれどこんな快適な生活手放したくはない。しばらくこのまま物語に埋もれていられたらいいのに。

「花琳様」

声をかけられ、ハッと我に返る。いけない、すっかりぼんやりしていたらしい。

「ゆるりとくつろいでくださいね、花琳様」

煌月にやさしい言葉をかけられて、花琳は拝礼する。

「は、はい！　ありがたきお言葉……痛み入ります」

慌てて礼を申し述べる。

まったく煌月の完璧な正装姿ときたら、目に毒だと思えるほど眩しい。太陽をそのまま直視しているような眩しさだ。あまりに眩しすぎて、目がくらむ。

（煌月様の麗しいお姿は間近で見られるし……最高……）

筌に来てよかった……。

本来の目的は果たされることはなかったが、これはこれで結果としてよかった。

（朱《しゅ》殿下には申し訳ないけど）

会ったこともなかった嫁ぎ先の王太子。こうなってしまって思うのは一度くらいはきちんと顔を合わせてみたかったということだ。

（考えてみたら可哀想な人よね）

自由なんか自分たちにはない。花琳にも亡くなった朱王太子にも、そして煌月にも。

政治の手駒にされて、自分たちの命なんかきっとふわふわした綿よりもずっと軽い。

いつどこで命を落とすかわからないのだ。

だったらそれまで、たとえ不自由な檻《おり》の中にいても思うように生きなくちゃ、と花琳は煌月に向けてにっこりと笑った。


歓待の宴が開かれることになり、御花園なる庭園にすぐさま宴の支度が調えられることになったらしい。

急のことで、周囲が忙《せわ》しなく動き回っているのが花琳にもわかった。

「ねえ、白慧」

そんな中で悠長に茶を飲み、菓子を頬張っている花琳は、窓から見える見事な庭園に感心しながら白慧に話しかけた。

茶は、桂花《きんもくせい》の香りがつけられている上品な味わい。口にするたびにふわりと香りが広がっていく。そして木の実餡《あん》が中に入っているお饅頭ときたら。木の実のカリカリという食感と香ばしさ、それらと甘い餡がとても合っていて、いくらでも食べられてしまう。

三つ目のお饅頭を手に取ろうとしたときに、食べすぎとばかり白慧に睨まれたので、仕方がなく手を引っ込めたけれど。

「なんでしょうか」

「あのね、煌月様なんだけれど。……あの方、ぼんくら、って評判だったでしょ。顔だけがいい、うつけ者って」

　実は花琳は気になっていたことがあった。花琳がここ数日で煌月と接してみて思うのは、花琳を助けてくれたときといい、妓楼や薬種問屋でのことといい、とても顔だけの人ではない。頭は切れるし、武術もかなりのものだと思う。なのになぜぼんくらの烙印を押されているのか。

「そうですね、確かに巷では」

「違うわよね？　そう思うでしょ？」

　花琳が上目遣いで白慧の顔を見る。彼は静かに茶器を置いた。

「——花琳様がご覧になったままの方かと」

　白慧の言い回しは微妙だ。どうとでも取れるような物言いをする。けれど否定しないところを見ると、花琳と同じ考えを持っているのだろう。

「もー、曖昧な答えしかしてくれないの狡《ずる》いんだから。ま、いいけど。でも、どうしてあんな噂が立っているのかしら」

「ご事情がおありなのでしょう。花琳様ももういいお年なのですから、あまり余所《よそ》様の事情に嘴《くちばし》を容《い》れるものじゃありません。現在わたくしどもは煌月陛下のおかげで身の安全が守られているのです。それをお忘れなきよう」

暗に触れるな、と白慧に釘《くぎ》を刺されて花琳は口を噤んだ。

「身の安全、って。じゃあ、やっぱり白慧は私が攫われそうになったのは、繹《えき》のせい、って思ってるってこと？　朱王太子殿下もみまかられたってことは、そういうことよね」

「けっしてそうとは申しません。ですが、そういう可能性もないとは言いきれません。証拠がない以上はうかつに判断してはいけませんよ。そしてわたくしどもにもこうした事情があるのと同じように、煌月様にもご事情があるということです」

　事情ねえ、とやっぱり三つ目の饅頭に手を伸ばして大きな口を開け、それを頬張った。

（そういう仮面をかぶっていないといけない事情があるってことよね）

　白慧も当然わかっているのだ。けれど、花琳に釘を刺して嘴を容れるなと言うからには、やはり花琳ごときが触れていいことではないのだろう。

（まあ、あの容姿で切れ者ってなると、あちこちの公主様が入れ食い状態よね……。どこからも縁談が舞い込みまくりだろうし、後宮は美女で埋まってしまうもの）

　うんうん、と花琳は一人頷く。

　煌月の寵愛を巡っての美しい妃嬪同士の後宮での争い、どろどろとした愛憎劇……氷にいたときに宮女が騒いでいた艶書と評判だった本のことを思い出す。

（あのとき、みんなキャーキャー言っていたわよね。内容が過激だって）

　だが葉っぱや根っこが好きだという煌月にはあまり縁がなさそうに思える。

（そうよ……煌月様はそんじょそこらの王様と違うんだから）

根拠のない決めつけをし、花琳は一人納得する。

それより、誰も知らない煌月の秘密を自分が知っているというのは、なかなか気持ちがいい。ちょっとした優越感に浸れる。

「……朱殿下がみまかられたなら、帰らなくちゃいけないのよね。あーあ、まだ嫁いだわけでもないのに、出戻り扱いされるんだわ」

ふう、と花琳はがっくりと肩を落とす。

第三公主なんて、輿入れ以外に使い道のある立場ではない。行き場がなくなればただの穀潰《ごくつぶ》しだ。

「いっそ、このまま煌月様の後宮にでも入れてくれないかしらね。そしたら帰らなくてもすむでしょ。それに煌月様なら見ているだけで幸せになれるし」

ふふっ、と笑いながら花琳がそう口にすると、白慧がジロリと睨む。

花琳としては割と本気で口にした言葉だった。

憧れの国にいるのだし、煌月はすこぶるつきの美男な上、幸い正妃はいないし、いいことずくめではないかと思ったのだが、堅物の白慧には軽薄に思えたらしい。

「じょ、冗談だってば。でも、冰はもともと笙とは友好的な付き合いなのだし、いい案かなーって思っただけよ」

「ただの思いつきでそんなふうにおっしゃるものではありません。花琳様はときどき口が軽くていらっしゃる。公主らしくもっと言動にはお気をつけ――」

くどくどと小言を言われかけていると「主上がおいでになりました」と煌月の訪問を告げられた。

「ご不便はありませんか」

宴までの間、話がしたいと花琳と白慧の部屋に煌月が虞淵《ぐえん》、そして文選《ぶんせん》を伴い訪れた。

「全然。とっても快適です。煌月様」

「それはよかった。せっかくおいでいただいたのに不快な思いをさせてしまっては申し訳ありませんからね」

「一度ならず二度までも助けていただき、改めてお礼申し上げます。まさか二度もお目にかかれるとは」

白慧が恭しく拝礼する。

「堅いことは抜きにしましょう。どうぞ気楽に」

煌月がふふっと愉快そうに笑った。どうやらこの王様は今の事態を楽しんでいるふうでもある。

「それより詮索するようでお気を悪くさせるかもしれませんが……間違っていたら申し訳ありません。花琳様が喬《きょう》へお出向きになられるのは、もしかして王太子の朱殿下とのご婚儀のため……そう解釈してよろしいでしょうか」

核心をずばりと突いてきた。

互いの正体が知れては隠し立てすることもない。煌月に旅の目的を指摘された白慧は感服したように「おっしゃるとおりです」と答えた。

白慧としてはどこまでを明かすのか随分と迷ったことだろう。だが、冰と笙との関係は極めて良好であり、いずれにしても遅かれ早かれ婚姻については明らかになることだった。であれば無理に隠しておくこともないと判断したらしい。概《おおむ》ねを肯定した。

「しかし、すべて言い当てられるとは思ってもみませんでした。陛下のお考えどおり、その目的でわたくしどもはこちらへ参ったのでございます。入内にはよい日取りを選ばねばなりません。それに、喬では入内の際には事前に大寺院でひと月あまり祈禱を受け、禊《みそぎ》をする必要がありましたゆえ、忍んであちらに入るということにしておりました。……ですがまさか王太子殿下がみまかられるとは……。あちらへは使者を送っておりますが、詳細がわかるまで、わたくしどもとしては動くことも憚られましたので陛下のご厚意に甘えて参った次第です」

白慧が拱手する。

「お気になさいませんように。こう言ってはなんですが、こちらもいち早く喬の動向を察知することができましたし、ありがたい情報を得ることができました。ですからその分の礼としては足りないほどだと思っていますよ。とにかく当方でもあちらの詳細について調べるように手配をいたしました。ひとまずは疲れを癒《い》やしてください」

冰にとっても笙にとっても思いもかけない事態である。

「こうなると花琳様が襲われたのも、このご婚儀を知って不利益を被る方々の差し金としか思えませんね。とにかくこちらにいる以上は友好国である私どもの名にかけて、花琳様をお守りいたしますゆえ。それからご用はここにいる文選になんでも申しつけてくださいね」

文選が「ご用の向きはなんなりと」と花琳と白慧に頭を下げた。

会話を聞きながらどうやら思っているよりも、喬と冰が結びつくことに危機感を覚えている者がいるらしいということは花琳にもよくわかった。

「花琳様も大変なことでしたね。ましてやこれから入内されるという矢先でしたのに。せめてこちらの西方の菓子で、お気持ちを慰めてください」

煌月の従者が白慧へ菓子を手渡す。

「お心遣い痛み入ります」

そんなやり取りをぼんやりと花琳は聞き流す。

つまらない、建前だけのやり取りを聞いていても面白くないものである。とはいえ西方の菓子はとても魅力的だけれども。

あくびが出そう、と思いつつ、そのあくびを噛み殺してニコニコ微笑んでいるのもなかなか辛いものである。……と、思っていると、目の前の煌月がわずかに唇の端を引き上げた。

「――では、通り一遍の挨拶はここまでにして……そろそろ本題に入りましょうか。――文選」

煌月は文選を呼ぶ。

にわかに空気がピリッと引き締まった。文選も虞淵もそして煌月もこれまでのやわらかい表情から一転、堅いものに変わる。

文選は前に出ると「ひとつ……白慧殿に伺いたいことがございます」と話を切り出した。

「なんでございましょうか」

「白慧殿は喬の丞相、京淑《けいしゅく》殿についてなにかご存じか」

突然、喬の丞相について文選は訊ねる。

「それはどういうことでしょうか」

「正直に申しますと、此度《こたび》の花琳様のお輿入れについて、どなたが関与なさったのかと思ったものですから」

そう言って文選は、花琳の縁談の裏にある意図を知りたい、と素直に口にした。

この手の話になるのはある程度予測していたはずだっただろう。覚悟を決めたように白慧は口を開く。

「京淑殿ですか……私のような身分では直接お目にかかることはございません。ですが公主様と王太子殿下とのお話の際、お名前が上がったことはございます。なんでも、この縁談を強く勧めたのが京淑殿だったとか。たいそうやり手というお話ですが、それだけに喬の現状にはかなり不満を抱いていらっしゃると」

「どういうことですか」

「私も人づてに聞いた話ですから、信憑性については保証しかねます。あくまでも、噂話に留《とど》めておいていただきたいのですが、過去に奪われた領地を繹から取り戻す算段をされているとか」

かつて喬も繹に領地の多くを奪われた。筌が属国になったあの戦いよりも少し前のことである。

繹が大国になったきっかけもすべてそこからではなかったか。

昔、喬と繹の国力はさほど変わらなかった。むしろ喬のほうが、いくつもの大寺院を抱え、大陸の信仰の中心として華々しく栄えていた。

繹は元々奪うことで大きくなってきた国であった。交易の国が笙、信仰の国が喬ならば、繹は簒奪者《さんだつしゃ》の国である。繹が興った内陸の厳しい気候は広くはあるが痩《や》せた土地しかもたらさなかった。豊かではなかった民は、奪い取ることでしか生き延びる術《すべ》を得なかったのだ。奪い取り、そこを己のものとし、土地の者を奴隷のように働かせてまた奪い取る。己にないものは奪い取る、欲しいものは奪い取る、力で屈服させ、従わせる。そうして大きくなってきた国であった。

喬と繹との戦もこれまた大きな戦であったことは笙の民は皆知っている。その戦いをきっかけに喬という国が衰えたことも。さらに喬が衰えたことで笙にまで飛び火し、この笙も繹の手にかかったのだから。

僧兵を多く抱えた喬は繹にも匹敵する大国であり、どこにも与《くみ》しない中立国だったが、その戦いを機に大きく変わってしまったのだ。今は当時の名残《なごり》である大寺院があるものの、僧兵などはもういない。豊かだった土地を略取され、喬に現在残っているのは、いくつかの寺院がある険しい山々とわずかな平地。在《あ》りし日の喬の姿を知る者があれば、おそらく涙するに違いない。それほど大きく変わってしまった国だった。

「なるほど。では、京淑殿にとってはこの縁談はかなり重要であったわけですね。だとすれば、王太子殿下が病死というのは一番避けたいこと……」

「どういうことですか」

白慧が訊ねる。

「いえ、まだ詳細はわかりかねている状態なのはそのとおりなのですが、市中の商人などの噂によると、病死されたのではないかということでしたので。しかし、今のお話を伺うと、朱殿下の病死説はあり得ないのではと思いまして」

喬の丞相は兵力の強化や、軍備の増強を狙って冰との繋がりを得ようとしたのだろう。先を見据えてのことであれば、王太子は健やかでなければならない。

そう文選はつけ加えた。

彼らの話を聞きながら、花琳は目をぱちくりとさせるばかりだった。まさか自分の輿入れがそんな大事と繋がっていたとは思いもよらなかった。

「だったら暗殺されたということ？」

なので、つい口を開いてそう言った。

「花琳様！」

白慧に睨まれて肩を竦める。

「だって、そういうことでしょ？　だいたい時期が一緒っておかしくない？　狙ったみたいに王太子殿下がみまかられたなんて、都合がよすぎるじゃない」

「花琳様！　うかつなことは口になさいますなと白慧は申し上げました！」

「もうー、いいじゃない、別に。おかげでいろいろぶち壊しになったんだから、いまさらでしょう？　私たちは巻き添え食っていい迷惑してるんですもの」

花琳がふくれっ面をしながら言うと、煌月がプッと噴き出した。

そうして大きな声を上げてゲラゲラと笑う。

「笑い事じゃないのよ」

「いや、それはそうですね。失礼いたしました」

煌月が花琳に謝ると、白慧が青い顔になってふるふると震えている。

「花琳様！　陛下に向かってなんですか、その口の利き方……！」

今にも卒倒しそうな勢いで、白慧が花琳に説教する。が、当の煌月は「お気になさらず。そのままでよろしいですよ。なにしろ街中で一緒に戦った仲ですからね」と悠長に笑っている。

「花琳様はその天真爛漫《てんしんらんまん》なところがとても可愛らしくていらっしゃる。明るいお人柄も含めて、私としてはいつまでもそのままでいてよろしいと思いますよ」

さすが煌月様。

これがお世辞だと花琳もわかっている。が、言われてうれしいものはうれしい。

こんなに乙女心がわかっているのに、彼の後宮には寵姫がいないというのはやはり不思議である。いつでもこのむさ苦しい虞淵――とおまけに今日は文選もだ――が一緒。

その昔、武人の間では殿方同士の恋愛が流行っていたと、以前読んだ歴史物語の一節にあったけれど、もしかして煌月様も……？

と、どうでもいい妄想をしかけて、意識が向こうに飛びそうになるのを必死でこらえ、にっこりと笑った。

危ない危ない。

だが、煌月という人はどうしてか妄想をかき立てるのだ。まったく罪な人。

「ほら、煌月様もこうおっしゃっているわ。あのとき街中で出会ったのが煌月様でよかった」

街中、という言葉を口にしながら、花琳はふいにあることを思い出した。

（そういえば、あのとき……）

まだ花琳が蓬萊街で迷っているときのことだ。確かあのとき通りすがりの人たちがあることを言っていた。

「――喬で流行病が」

口にして、はっきりと思い出す。

「そうだわ。喬で妙な病が流行っているって」

花琳の言葉に煌月がぴくりと反応した。

「どちらでその話を」

「私もほんの聞きかじりだから、聞き間違いかもしれないのだけど、蓬萊街で迷っていたときにそんなことを言っていた人たちがいたの。自慢じゃないけれど、私とても耳がよくて、あたりの人たちの声を拾ってしまうんです」

「……妙な病……そうですか」

煌月が真顔になっていた。

「とても興味深いですね。病が流行っているというのなら、朱殿下ももしかしたらということがありますし、さらに調べてみましょう。それに交易にも影響があるかもしれません。いいことを伺いました。ありがとうございます」

煌月は花琳にとびきりの笑顔を贈る。

（ああ……尊い……）

その笑顔が眩しくて、花琳はやはりうっとりと見とれてしまうのだった。


こちらを見れば蘭《らん》に薔薇《ばら》、丁香《らいらつく》に芍薬《しやくやく》。あちらには桂花に芙蓉《ふよう》。幸運、吉祥を呼び込みたいと願ったような庭の造りに目を瞠るしかない。

「さすがに煌月様の後宮ねえ」

ほうっ、と花琳は感嘆の息を吐き、すっかり夢見心地というような顔をしている。

なにしろここは桃源郷かと思うばかりの美しさだ。花琳のみならず、白慧ですら、美しさに心を奪われているようだった。

これから花琳は後宮の妃嬪らの元へ向かう。

宴の前に妃嬪らにぜひお茶でも、と招かれているのだった。

煌月には現在正妃がおらず、また寵姫もいない。先王の妃嬪であった湖華妃《こかひ》と清月妃《せいげつひ》、そして煌月の腹違いの弟妹が四人残っているだけだ。後宮にしては実に落ち着いていると言えよう。

その代わり、各妃嬪の侍女はかなり美しい娘が多いという。

(……ということを、さっき宮女たちからこっそり聞いたんだけど、ほんっと美女しかいないのね)

きょろきょろとあたりを見回すが、右にも左にも美女しかいない。

「これだけきれいな人たちに囲まれてるのに、妃嬪が一人もいないっておかしくない?」

先ほど話をした宮女たちも「女の人に興味がないのかしら……」と言っていたほどだ。

うんうん、と花琳も内心で大きく頷く。

私もあなたたちと同じことを思ったわ、と思わず駆け寄って、言いたいくらいだ。

ともあれ、知れば知るほど、煌月という人間がよくわからない。

医者の真似事をしてみたり、女人にはさほど興味がなかったり——。

そこまで考えたところで、はた、と思い出す。

そう、花琳の愛読書『桃薫伝』でも皇帝陛下は周りに星の数ほどいる美女よりも、辺境の踊り子を選んだのだ。

「きっとそうよ……！」

いきなり大声を出したので、近くにいた宮女たちが揃って花琳を見た。

隣を歩いていた白慧も怪訝な目を花琳に向ける。

「あっ、ごめんなさい。ちょっと思い出したことがあって……」

ほほ、と作り笑いをして足早にその場を立ち去る。

白慧はまたいつものことかと呆れ顔だ。

（あー、恥ずかしかった。……でもそうよ、煌月様もきっとまだ運命の相手に出会っていないだけなのだわ。そしてその相手に巡り会えるのを待っているのよ……！　きっとそうに違いないわ）

勝手に解釈し、そして勝手に一人で花琳は盛り上がっていた。

そんなわけで花琳は白慧を伴って、湖華妃のいる玻璃《はり》宮へと案内されていた。

妃嬪の宮殿はそれぞれの好みのまま設えられているが、玻璃宮はかなり異国情緒にあふれている調度品や装飾で、とても独特だ。

（たぶん……これ、西方のものだと思うんだけど。湖華妃は西の国からいらしたのかな）

刺繍《ししゅう》も絨毯もだが、草木や花だけでなく動物の文様もあしらわれていて、物語性が強く出ている。非常に繊細な織物の数々は花琳を圧倒した。

それだけでなく、中庭に植えられている植物も見たことがないものばかり。花琳の知らない花々も多く、ついつい見入ってしまった。

「ようこそいらっしゃいました。はじめまして……湖華と申します」

「本日はお招きありがとうございました。冰の第三公主、花琳でございます」

湖華妃自身、先王の妃嬪ということでそれなりに年を重ねているのかもしれないが、随分と若く美しい。やはり西方の出身なのだろうか、はっきりした目鼻立ちにすらりとした身体つき。なのに、胸も腰も豊かときている。女性なら憧れる美女中の美女だ。

（煌月様の妃嬪って言っても通るほどよね……なにを食べたらこんなに若さを保ってきれいでいられるのかしら）

それに湖華妃にずっと付き添っている侍女もかなりのものだ。

妖艶な雰囲気を持つ女人で、湖華妃とはまた違う魅力を持っている。

「紫蘭《しらん》、花琳様にお菓子をお持ちして」

「かしこまりました」

紫蘭、という名のその美しい侍女は漆黒の髪と長い睫毛《まつげ》、そしてふくよかな赤い唇は、艶《なま》めかしさを醸し出していた。

（これは官吏も骨抜きになるわ）

実は後宮までやってくる際、遠くから聞こえてきた噂話で、湖華妃の侍女のことが話題に上っていたのだった。たいそうな美女で、その侍女と出会った官吏たちが皆めろめろになっているという。

自慢の耳が捉《とら》えた噂話だったが、本当だった、と花琳は納得した。

おまけにただ美しいだけでなく湖華妃の影響もあるだろう、品のいい香を焚きしめていて、ぬかりがない。どこからどこまでも非の打ち所のない美しさである。

「花琳様は参拝のために喬へ向かわれる途中だとか。山賊のせいで足止めされていると伺いました。難儀なことでございましたね」

湖華妃がやさしく微笑む。

そういうことになっているのか、と花琳は話を合わせるように「ええ」といかにも困ったというような顔をして頷いた。

さすがに本当の事情を話してはいないらしい。まだ朱王太子の死も確認できていない以上、うかつなことを触れ回るわけにはいかないだろう。

それに寺院参拝は最近の流行でもあるから、そのためにやってきたといっても理由としてはそれほどおかしくはない。

そのとき外から鳥の声が聞こえてきた。

「あ……金糸雀《かなりあ》でしょうか」

花琳が言うと、湖華妃はうれしそうに「よくおわかりね」と笑った。

「あの子は小さな声でしか鳴かないのに、よく聞こえましたね。金糸雀はお好き？」

「ええ。幼い頃に姉上が飼っていたのですけれど、病気で死んでしまって」

「あら……それは悲しいことね。よろしければご覧になる？」

「ぜひ！　お願いします」

白慧は動物好きだが、花琳も動物が大好きだ。後宮にいると娯楽が限られてくる。植物を育てたり、動物を飼ったりするくらいしか楽しみがないこともある。

自分の側に風狼を置いているのもそのためで、彼は誰よりも自分に近い存在だと思っている。

どうぞ、と湖華妃に促されて、金糸雀の籠《かご》がある中庭へ向かう。この中庭もとても素晴らしいものだった。よく手入れされている庭にはたくさんの植物が植えられている。花だけでなく、珍しい植物も。赤い実や黒い実をつけているものもあり、ついついあれは食べられるものなのだろうか、と思ってしまう。

「花琳様、ほらこの子よ」

自慢の金糸雀はとても可愛らしかった。豪奢な鳥籠に入れられたその鳥がここにいる妃嬪たちと重なる。後宮という鳥籠に入れられてしまった美しい鳥。だから彼女たちはこうして鳥を愛《め》でるのかもしれない。

他にも湖華妃にたくさんのものを見せてもらった。彼女は花琳が思ったとおり、母方に西国の血が混じっているとのことで、この目鼻立ちのはっきりした美貌はそのせいのようだ。

「珍しいものをたくさん見せていただきました。特にこの刺繍……！　本当にすてき」

花琳が目を細めて刺繍の壁掛けを見ていると、湖華妃は「故郷のものが褒められてうれしいわ」と無邪気に笑った。

湖華妃は書もとても上手で、彼女の筆による掛け軸はそれはとても見事なものだった。国の栄華を謳《うた》った詩だったが、花琳からしても感激してしまう。

「素晴らしいものを見せていただきました。文才もおありなんて、尊敬してしまいます」

感極まって涙声になりながら言うと、湖華妃はいい香りのする手巾を花琳に差し出し、「ありがとう」とやさしく微笑んでくれる。花琳は一気に湖華妃のことが大好きになった。

（なんてすてきな方なのでしょう……！　筐の先王がお通いになったのもわかるわ）

美しくたおやかで理知的で……憧れてしまう、と花琳は彼女を羨望のまなざしで見つめる。今日は来てよかった、としみじみ思っていた。

湖華妃と少し話をしたところで、宴の支度が調ったと宮女が迎えにやってきた。

ろくに話もできなかったが、お暇することにする。

「氷のお話ももっと伺いたいわ。またお招きしていいかしら」

「ありがとうございます。私でよければぜひ」

そう花琳が返すと、湖華妃は「こちらをお持ちになって。差し上げたいの」と花の細工がしてある簪を差し出す。

花は螺鈿と珊瑚《さんご》で彩られたもので、たいそう高価なものだ。

(ああっ、なにからなにまで完璧……っ)

さりげなく嫌みのない湖華妃の立ち振る舞いに花琳は感激のあまり声が出てしまいそうになる。が、それをかろうじて抑える。

「ありがたく頂戴します」

花琳もこの場にふさわしくあらねば、と彼女を真似るようにできるだけ優雅に、恭しく受け取った。

「気軽にいらしてね」

ふわりと華やかな香りをまとわせた湖華妃ともっと話がしたかった、と後ろ髪を引かれつつ夢見心地のまま花琳は玻璃宮を後にした。

＊＊＊

「主上、そろそろ参りませんと」

宴の前に妃嬪らへ顔を出すことになっているのだが、いつまでたっても重い腰を上げない煌月に侍女の春玉《しゅんぎょく》がやきもきしながら促した。

「花琳様が茶に招かれているのだから、今日くらいは私の顔など見なくてもいいだろう」

いかにも億劫《おっくう》そうに言うものだから、春玉は煌月をじろりと睨む。

「またそんなことをおっしゃって。後宮に近づきもしないのですから、せめて義理だけは果たしませんと」

「本日の主役は花琳様だ。だから私が顔を出しても仕方がないでしょう」

「仕方がないなんてことございますか。ただでさえまめではないのです。後宮ではお渡りになる廊下に蜘蛛の巣が張っていると言われておりますよ。皆様主上のお顔を見るだけでもうれしいものです。ちょっとお目にかけるだけでいいのですから、さっさと行ってらっしゃいませ。その見た目だけいい顔はこういうときに使わないと宝の持ち腐れですよ」

煌月の襁褓《おむつ》も替えていた春玉の言葉は辛辣《しんらつ》だ。

だが、的を射ているだけになにも言い返せない。

「わかっていますよ。……せいぜい愛想笑いをしておきます。それに今日の宴は虞淵も楽しみにしていますからね。宮女たちのご機嫌も取っておかなければ。でないと虞淵に恨まれます」

「そうですよ。先日、園遊会が取りやめになったときの虞淵様の落胆ぶりを思い出してくださいませ。こういう宴でもないと宮女と縁もないのですから」

先日取りやめになった園遊会というのは、要するに宴会である。

どの国でも後宮ではことあるごとに宴を催すものであるが、煌月自身それほど宴を好まないこともあって、かなり頻度が低い。

二月《ふたつき》に一度の園遊会は後宮のみならず、宮中でも楽しみにしている者が多いのはそのためだ。

というのも武勲を立てた者や他でも国に功績をもたらした者などを招き、お偉方や妃嬪らとともに歌舞音曲を楽しみ、食事などをする、というものであり、優秀な武官文官も招かれる。宮女らと顔を合わせることもあるため、現代でいう合コンのような役割も担っていた。

宮女と言っても、大店の娘が行儀見習いでいたり、貴族の娘もいたりする。このような場でより条件のいい官吏を捕まえたなら、奉公をやめて嫁ぐこともできるのである。官吏のほうも、宮女の実家が太ければいい後ろ盾になり、出世がしやすい。互いに優良な人物を物色できる、よい出会いの場として一役買っていた。

「まったく虞淵様も煌月様に付き合って、お一人でいなくとも。あの方だって、とてもすてきな殿方ですのに。お顔も煌月様ほどではありませんがそこそこ整っておりますし、武芸百般でなんと言ってもこの笙の軍を束ねる四将軍のお一人。男らしく頼もしい方ですから、どの美姫も喜んで輿入れするでしょうに」

「まあ、あいつもいい男ではあるのだが、ちょっと残念なところがあるからな」

「あらあら、ご自分を棚に上げて。わたくしに言わせれば、どっちもどっちでございますよ。仲よしも結構ですが、煌月様も虞淵様も文選様を見習って早く身を固めていただきたいものです。いまだ正妃どころか寵姫もいないなんて。わたくしも可愛いやや子をこの手で抱きとうございますよ」

まったく耳が痛い、と煌月は肩を竦める。

「わかったわかった、まあ、そのうち」

「またそうやって誤魔化して。いいですか、その美しいお顔がいつまでもそのままとは限らないのですよ。まだその美貌が通じるうちに――」

春玉にうるさく言われ、煌月は耳を塞ぎたくなる。

（後で、気鬱の薬でも煎じておくか……厚朴《こうぼく》と半夏と、あとは蘇葉《そよう》）
現実逃避で薬の処方を組み立てていると、春玉がなにか思い出したようにこう言った。
「ああ、そういえばなんでも湖華様付きの女官がかなりの美形だと噂になっております
よ」
「湖華様ご自身、あまり身体が強いほうではないから、お世話する人数が増えるのはいい
ことだろうね。当の玻璃宮は話題になるような美女がやってきて大変かもしれないが」
「ええ。玻璃宮の侍女長はできた方ですからうまくやってくれるとは思いますけれど……
湖華様のご実家の紹介でいらしたとのことなので、特に」
湖華妃には先王との間に公主である葉紅《ようこう》がいる。煌月の異父妹にあたる葉紅はすでに名
門貴族の柳《りゆう》家に嫁いでおり、残された母親の湖華が残っていた。
先王には寵姫が四人いたが、特に寵愛したのが煌月の母である梅香妃《ばいこうひ》と湖華妃の二人で
ある。梅香妃は正妃であり、煌月という男子を残したためことのほか寵愛された。
湖華妃は西方の州知事の娘で、家柄が梅香妃に劣るため正妃になることはできなかった
が、その人柄で梅香妃ともとても仲がよく姉妹のようだったらしい。煌月も幼い頃は湖華
妃に可愛がってもらった記憶がある。
「後宮が賑《にぎ》やかなのはいいことだ。こちらに飛び火せずにすむ」
苦笑いを浮かべながら煌月が呟く。

「ただ、宴の間、きっと殿方が落ち着かないかもしれませんけれど。美女がいるとなれば、きっと虞淵様あたりが浮かれてしまうかもしれませんねえ」

年配の侍女がケラケラと笑いながら言う。

「確かにそうかもしれないな。虞淵に縁があればよいが」

以前もたいそう美しい女官が参内したときに、虞淵が浮かれたことがあり、そのときのことを思い出した。結局、その女官は国試にて優秀な成績を取って官吏となった男と結婚し、その彼らは知事夫妻として今は地方にいる。

はてさて今回はどうなることか、と煌月は密《ひそ》かに楽しみになる。

にこやかに笑顔をつくり、春玉へそう言い置くと、煌月は自室を出た。

第五章 煌月、宴にて毒を食らう

道士らが勇壮な剣技を披露してみせたり、琴や琵琶《びわ》の競演にて美しい音色が奏でられる中、酒宴はたけなわとなっている。

皓々《こうこう》とした月明かりと、色とりどりの行灯《あんどん》が艶やかに夜を彩り、庭園の花々をより幻想的に浮き上がらせていた。

琴の音が華やかに響き渡り、舞手が官女らに変わる。

宮女たちが詩を詠み、ことに玻璃宮の湖華妃《こかひ》の詩がもの悲しく美しい詩だと絶賛されていた。なにからなにまで夢のようなひとときである。

そして——贅《ぜい》を尽くした料理の数々に花琳《ふぁりん》は目を丸くしていた。

牛や羊、鶏に雉《きじ》はもちろんのこと、蟹《かに》に鮑《あわび》、海鼠《なまこ》、蛤《はまぐり》、紅鱒《べにます》、鯰《なまず》に鱉《すっぽん》。大鯉《おおごい》に鮒《ふな》、泥鰌《どじょう》と山海の珍味が一堂に会している。

しかもこれまで見たことがない調理法によるものや、嗅いだことのない香辛料の香りまでしていて、思わずごくりと息を呑む。

「すごい馳走……」

もちろん花琳はこれでも公主であるから、それなりに贅沢な料理には慣れているはずなのだが、その花琳も驚くほど。

(これが鳳梨《ほうり》なのね……はじめて見たわ)

宮女に果物の説明を受けた花琳はただ目を丸くする。

なにより花琳の心をときめかせたのは、様々な色鮮やかな果物だった。氷《ひょう》では果物といえば、西瓜《すいか》か桃くらい。なのにどうだ。話でしか聞いたことのない、茘枝《らいち》や龍眼《りゅうがん》、また南の国でしか味わえない鳳梨などがこれでもかというように山と盛られている。

(んー！　おいしいいー)

甘酸っぱくて、果汁がたっぷりと含まれていて、いくらでも食べられてしまう。

「いかがですか？　花琳様」

あれもこれもと目移りしながら果物を手にしていると、煌月《こうげつ》が花琳の側にやってきて声をかけた。あまりに一心不乱に果物に神経を集中させていたため、はじめ煌月が声をかけたことには気づいていなかった。

「花琳様は果物がお気に入りのようですね」

クスクスという笑い声が聞こえて、ようやく煌月に気がつく。

「あっ、ああっ……！　す、すみません」

失敗した、と花琳は苦笑いを浮かべる。こんなところを白慧《びゃくけい》に見られていたら、またお説教ものだ。と、あたりを素早く見回すが、白慧の姿はなかった。

とりあえずホッとする。

「気に入られたようでなによりです。慌てずとも大丈夫ですからゆっくり召し上がれ。足りなければ、また持ってこさせましょう」

「やった！　じゃなくて……あ……ありがとうございます」

ついつい、うれしさに、飛び上がって喜んでしまったが、はしたない姿を見せてしまった。

案の定、側にいた煌月が、腹を抱えて笑っている。

「花琳様は楽しい方ですね。見ていて飽きません」

見ていて飽きないとはどういうことか、となんとなく失礼なことを言われたような気がするが、目の前の果物の前では些末《さまつ》なことだ。

「さあさあ、こちらもいかがですか。梅の砂糖漬けですよ」

貴重な砂糖に梅、なんて魅惑的な組み合わせなのだろう。思わずごくりと喉を鳴らしてしまった。

ふふふ、と煌月にまたも笑われて花琳は頬を赤くする。

「白慧殿には内緒にしておきますから、存分にどうぞ。お好きなものをどれだけお部屋にお持ちになってもいいですよ」

「えっ⁉　いいんですか⁉」

なんたる太っ腹。

さすが笙《しょう》王、このような貴重なものまで大盤振る舞いとは。あれもこれもと目移りしかけたとき、脳裏に白慧の顔がふっと思い浮かぶ。

――花琳様、やさしく甘い言葉で言い寄ってくる輩には注意なさいませ。その裏になにが隠れているか知れません。

口を酸っぱくして花琳にいつも説教する言葉が頭の中に流れていった。

そう、必要以上にやさしくする者には警戒しろと常日頃から注意を受けている。それもこれも中途半端な公主の定め。使い道のあまりない花琳のような三番目の姫に貢ぎ物など滅多にない。そのため過ぎた贈り物をする者は、その身を利用する者だと思えと言われて育っていた。

「どうかなさいましたか」

花琳の様子がおかしいと、煌月が声をかける。

「いっ、いえっ！　その……白慧に、あまり親切にする方には注意なさいと常々言い聞かされているものですから……」

ぼそぼそと言うと煌月は、あはは、と大笑いした。

「なるほど、白慧殿のおっしゃることももっともですね。ですが、裏などありませんよ。

そうですね……あえて言うとしたら、花琳様の喜ぶ顔が見たいということですか」

さらっとかっこいいセリフが飛び出てくるところがさすがの煌月である。こんなことを言われたら、恋のかけひきに縁のない小娘などイチコロに決まっている。

（くーっ、これ！　これが素で出てくるってどういうことなの。やっぱりこの方は物語の中から飛び出てきたんだわ。とても現実にいる殿方とは思えないんだけど）

いや、現実である。目の前にいるでしょう、というツッコミを自分で自分にする。

「煌月様ってやっぱり『桃薫伝』の皇帝陛下みたいだわ……」

そうして思わず独り言のように呟くと、煌月に「皇帝陛下がどうなさったのですか」と訊ねられてしまった。

つい漏れ出た独り言を聞かれ、花琳はあわあわとする。

「わっ……！　いえ、あの、なんでも……」

「そういえば『桃薫伝』というのは、なんでもとても人気の物語だそうですね」

「え」

まさか煌月の口から『桃薫伝』の名が出てくるとは思わず、花琳は目をぱちくりとさせた。

（嘘……なんで知ってるの……）

もしかしたら花琳と同じ愛読者なのだろうか。いや、まさか、と思いも寄らなかった展開に花琳の頭はついていけない。ただ茫然《ぼうぜん》とするだけだ。

「私は残念ながら拝読したことはありませんが、宮女たちの間で噂になっておりましたからね。花琳様もお読みになっているのですか」

「……………ええ……まあ……少し」

少しどころではない。めちゃくちゃ愛読者である。

哥《か》に来るなり書肆で続刊を買い漁《あさ》ったとはいえず、しどろもどろになりながら曖昧に返事をする。その花琳の挙動不審な様子に煌月はクスクスと笑った。

「笑うことないじゃないですか」

「そうですね。失礼しました。あまりに花琳様が可愛かったので。『桃薫伝』はそんなに面白いのですか？」

すっかり見抜かれている。花琳が熱烈な愛読者であることを知られてしまった。こうなるとあとは開き直るしかない。

「……とっても面白いの。皇帝陛下と踊り子の恋物語なのですけど、どうなるかハラハラしてしまって——でも煌月様ってそんなに鋭くて、なんでもおできになるのに、どうしてそれを隠してらっしゃるの？　虞淵《ぐえん》様や文選《ぶんせん》様に見せるお顔と、他の皆様に見せるお顔と随分違うようだし。なぜなにもおできにならないふうを装っているのかしらって。先ほど披露なさっていた剣技で、わざと剣を落とされていらしたでしょう？　煌月様があんなへまなさるとは思えないのだけど」

花琳が言うと、煌月はにやりと意地の悪い顔をした。

「大人にはいろいろと事情があるものですよ。特にこんなところにいるとね」

そう言った煌月の顔が一瞬陰ったのを花琳は見逃さなかった。きっとあれは煌月なりに意図してのことなのだろう。自分ごときが深く追及すべきことでもない。

「今度ゆっくり『桃薫伝』のお話を聞かせてくださいね。花琳様が熱心にお読みになるくらいです。ぜひ私も読んでみたいですね」

「ものすごく面白いの！　煌月様もお読みになって……！」

これはぜひ煌月に勧めなければ、と思いながら顔を上げると、先ほど玻璃宮で見た、湖華妃の侍女である紫蘭《しらん》が視界に入った。

と同時に、虞淵がその紫蘭を遠くから焦点の合わない目でうっとりと見つめている。

「あら、紫蘭様と虞淵様だわ。……虞淵様は紫蘭様のことがお好きなのね。あんなに見つめて」

思わず口をつく。花琳のその言葉に煌月が同じように紫蘭と虞淵を見る。

「ああ、あれが噂の。確かにきれいな方だ。噂になるのもわかります。虞淵は惚れっぽいですからねえ。それにしても間抜けな顔をして」

煌月は笑いをこらえるのに必死という様子だ。

「ねえ、煌月様は女性より葉っぱのほうがお好きって本当なの？」

宮中の人間が皆、口を揃えてそう言っていた。煌月陛下は葉っぱと草木の根にしか興味がない、と。

いきなり花琳に言われて煌月はきょとんとした顔をし、それから噴き出した。

「まあ、そうですねえ。葉っぱというか、薬に興味がね。その葉っぱ一枚が毒にも薬にもなるなんて、とても興味深いと思いませんか」

「ふうん、そういうものかしら。私にはよくわからないけれど」

「そういうものですよ。今花琳様が召し上がっているその梅も、種の中の仁には咳《せき》を止める効果がありますが、食べすぎると毒となってお身体に障るものです」

「そうなの？」

「ええ、そういうのって面白いでしょう？」

「うーん……そう言われるとそうかもしれないけれど」

でも、おいしいものを食べているときにはおいしいとしか思えない。

花琳が複雑な顔をしていると、煌月はやっぱりククク、と笑いながら「たくさん召し上がれ」と言って梅の実を花琳の目の前に置いた。

「だって毒なのでしょう？」

「このくらいなら平気ですよ」

人を食ったような笑みを浮かべて、煌月が言う。

まったくこの王様ときたら、捉えどころがない。

「煌月様って意地悪ね」

「花琳様にはとっても親切にしているつもりですよ。なにしろ私が抜け出して街に遊びに行っていることを摑まれていますからね。——さ、お料理が運ばれてきますよ。お腹いっぱい召し上がってくださいね」

そう言って、煌月はにっこり笑って立ち去った。


やがて煌月が言ったとおり、卓子に食事が運ばれてくる。

煌月も席について食事をするようだ。

「煌月様には毒味がいないんですって」

花琳は側に控えている白慧に言う。

通常、毒味役が控えていて、毒味をすませたものを供されるが煌月に毒味役はいないようだった。

「そのようですね」

他の妃嬪にはもちろん毒味役が控えていて、一皿ずつ毒味をしていた。王である煌月だけに毒味役がいないのは抵抗があるため、毎回重臣らは毒味役の必要性を煌月に訴え、その攻防となっているようだ。今回も当然のようにしつこいほど毒味役をと助言があったが、煌月は頑《かたく》なにそれを拒んでいるらしい。

——というのを、宮女たちの噂話で花琳は耳にする。

宴は情報交換の場でもある。酒とご馳走ときれいどころがいれば、誰しも口が軽くなる。花琳は己の耳のよさを発揮して、宮女たちの会話に聞き耳を立てていた。

なにしろ後宮での人間関係というのは宮女たちの最大の娯楽。惚れた腫れたのから、嗜好品《しこうひん》や装飾品の流行まで、ありとあらゆる情報がこの場で行き交っているのだ。こんなに面白いことはない。

「即位してからしばらくは煌月様にも毒味役がいたらしいの」

花琳は少し前に立ち聞きした宮女たちの会話を白慧に話して聞かせる。

煌月にも毒味がいたが短期間で変わってしまうことが常であった。残念ながら命を落としてしまった者、生死の狭間《はざま》を彷徨ったがために宮中から去る者、また——あえて毒を飲みながら平気だとこらえて、煌月の口に毒を運ばせようとした者も。その者にはよんどころない事情があり、身を挺《てい》してでも煌月の口に毒を入れる使命があったことを——その者が亡くなってから煌月は知ったという。

「それから煌月様は毒味役を置くことをやめたらしいの。毒を口にしているうちに慣れてしまったからって。それにね、あの月光のような目の色も、毒のせいで変わってしまったんですって」

「案外、煌月様がお薬に詳しいのは、そのせいかもしれませんね」

「そういえばさっき梅の砂糖漬けをくださったのだけど、そのときも種の仁が毒だとおっしゃっていたわ。てっきり揶揄《からか》っているだけかと思ったけど」

「きっとかなりご苦労なさっているのでしょう。思うにとても聡明な方とお見受けします」

白慧は感心したように口にした。

花琳も煌月はただ者ではないと思っている。

いつもにこにことしているが、常に命の危険にさらされている人なのだ。あの捉えどころのない人柄もきっと処世術のひとつなのだろう。


「はー……おいしい」

お腹いっぱい召し上がってくださいね、という煌月の言葉どおり、花琳は次から次に運ばれてくる料理に舌鼓を打っていた。

雉と野菜の羹《あつもの》など、これはなんの出汁《だし》なのだろう。しっかりとした味付けなのに、けっしてくどくなくすっきりと味わえる。本当にここの厨師《くりやし》は腕がいい。

周りを見ても、皆、満足そうに料理を堪能しているようだった。

花琳は煌月のほうを見る。他の妃嬪は毒味役の宦官に毒味をさせてから、料理を口にしている。煌月には毒味役はいないが虞淵が側におり、そして医官とおぼしき装束を身に着けた者が控えていた。

ふいに妃嬪の毒味役が手にしていた羹の椀《わん》を落とす。

すると煌月がすぐさま「医官を」と声を上げた。

にわかにあたりがざわざわと騒がしくなる。視線の先では妃嬪の毒味役が倒れてのたうち回っていた。

「――毒……のようですね」

白慧が努めて冷静に口にした。

毒、と聞いて、花琳は慌てて持っていた椀をすぐさま卓子の上に置く。今まであの毒味役は花琳と同じ椀のものを食していた。

「花琳様、お身体に障りはありませんか」

そう聞かれたが、ひとまず自分の身体には異常はない。

生まれてからこれまで毒などというものには縁がなかった。氷でも東宮や姉の公主たちにも毒が仕込まれたという話は聞いたことがない。物語でしか目にすることがなかったから、目の前でこういう事件が起こったことに、花琳は衝撃を受けていた。

「そうよ、煌月様は……⁉」

ハッとして、煌月へと視線を向けると、彼は虞淵から手渡された水を飲み、吐き出していた。どうやら彼の身体には異常はなさそうだ。

毒に慣れている、という彼の言葉に安心するとともに、こんなことに四六時中さらされている煌月に同情してしまった。国の大小にかかわらず、命を狙われることは常とはいえ、現場を目の当たりにしてゾッとする。

(おちおち食事もできないなんて……市中にも出たくなるわよね)

宮中ではきっと彼は安心できないのかもしれない。

今までのほほんと暮らしてきた自分とは大違いだ、と花琳は大きく溜息をついた。

「ええ、大丈夫」

残念ながら園遊会は毒物騒ぎのため、中途でお開きとなってしまった。

そうして次の日、花琳は白慧と煌月の見舞いに出かける。

煌月が普段から寝起きしているのは、本殿にあたる紫龍殿ではなく、離れの清祥殿《せいしょう》である。紫龍殿の奥には後宮があり、先王からの妃嬪らがいるが、煌月は今回の宴が開かれた御花園までは行くものの、妃嬪らの宮殿にはほとんど出向くことはない。

渡りもないし、蜘蛛の巣が張っていると言われるが、まったくその気にならないのに立ち寄っても申し訳ないだろう。

ただ、蜘蛛の巣が張っているというのはさすがに誇張しすぎだ。重臣らは正妃を迎えることに乗り気でない煌月を、どうにか後宮へと策を巡らせているため、続々と見目麗しい貴族の息女などを後宮に迎え入れているらしい。

一応それらの話は煌月の耳にも入ってはいるというが、さして興味もないためやはり後宮には向かうこともないようだった。

清祥殿へ向かうと、ちょうど虞淵と文選に出くわした。

「おや、花琳様」

文選に声をかけられ、煌月の見舞いに来たと告げると「では一緒に参りましょう」と誘ってくれた。

「お二人のお邪魔ではありませんか?」

都合が悪ければ出直すと告げると「構いませんよ」と文選は微笑む。

「こっそり差し入れを持って参りましたのでね、よろしければ花琳様もどうぞ」

文選は重箱を持っていたが、それは煌月への差し入れだったようだ。

礼を言いながら、花琳は二人の後についていく。

「なぜ煌月様は紫龍殿ではなくこちらにいらっしゃるの？」

「そうですねえ。こちらのほうがいろいろと便利がいいのですよ。清祥殿は元々先王の書斎として使われていたのですが、ここはすぐ近くに軍機処があるでしょう」

そう言って文選は窓の外を指さした。

「私たちも毎日軍機処に詰めていますから、主上に相談事などがある際には遠い紫龍殿よりも近いこちらへすぐ走ることができます。それに主上も私を呼びつけるのに都合がいいのでしょうね」

確かに紫龍殿だと、なにかあっても迅速に駆けつけるということはなかなかできないかもしれない。

なるほど、と感心しながら花琳らは煌月に面会を求めた。

煌月は床に伏してもおらず、それどころか文机の上になにやら葉を敷き詰めて、じっと睨めっこしている。

文選が重箱を持って「お加減はいかがですか」と煌月に声をかけた。

「問題ないよ。あの程度で私をどうこうできやしない」

そうは言いつつも煌月は念のため医官の診察を受け、また自身で煎じた薬湯を飲んだという。しかも昨日自分を殺めようとした野菜の葉を持ち帰り、調べているのだそうだ。

「花琳様にもご心配をおかけしましたね」

煌月の顔色はよく、つい昨日命を狙われたとは思えないほど、けろっとしている。花琳が不思議な顔をしていると、虞淵が「こいつは慣れっこだからな」とハハと豪快に笑っていた。

「慣れっこって……！」

「慣れるというのも寂しいものですけれど、本当に四六時中このようなことがあると、悲しいことに身体が慣れてしまうのですよ」

だから平気なんです、と煌月は悪戯《いたずら》っぽく口にしたが、その口調はどこか寂しげに思える。このようなことは慣れていいわけではない。だが煌月という存在を疎ましく思う者もいるのだろう。聡《さと》ければ聡いほどその芽は摘まれやすい。だからきっと彼は賢さをひた隠しにしているのだ。

「平気なんておっしゃらないで。本当にびっくりしたの」

「そうですね。心配してくださってありがとう。……花琳様はやさしいですね」

ふふ、と笑って見せた煌月の顔はいつもの顔に戻っていた。

「さあさあ、宴も中途になってしまったし、食べ足りないだろう。文選の奥方が腕を振ってくれたのだ。いただこうではないか」

虞淵がそう切り出し、文選が持ってきた重箱を卓子の上に置き、蓋を開ける。中にはふっくらとした饅頭がいくつも入っていた。

虞淵は早速に重箱に手を伸ばす。すると、「こら」と文選に手を叩かれた。

「まずは煌月様が先」

一応幼なじみとはいえ、これでも煌月はこの国の王である。王を差し置いて、臣下が先に頂戴するなどもってのほか。文選はじろりと虞淵を睨んだ。

そのやり取りを見ながら、

「えー……煌月は別に気にしないと思うけど」

「そういう問題ではない。だからおまえはすぐに振られるんだ」

「うわ、その言い方はひどくないか」

「本当のことだ」

冷ややかな視線で虞淵を見ながら文選は言うが、これでも弟のような虞淵をとても可愛がっている。可愛がっているがために、心配になってこのような冷たい対応になってしまうのだ。

「では、早速ありがたくいただこう。さすがに朝から膾《なます》と薬湯だけというのは、なかなかにこたえる」

煌月は饅頭をひとつ手に取った。

とてもおいしそうに食べている姿に、花琳はなんとなく安心するような心持ちになる。

きっと煌月は彼らにはことのほか心を開いているのに違いない。

「我が愛する奥方の作ったものですから、毒は入っていませんよ。ささ、花琳様も白慧殿も遠慮なさらず」

文選の勧めで花琳も白慧も饅頭を手にする。

「では遠慮なく」

そう言って饅頭を口にする。

たっぷりの餡が入った、とてもおいしい饅頭だ。

「すごくおいしい！　奥方様はとてもお料理上手なのね。これならいくつでも食べられちゃう。ね？　白慧」

白慧に同意を求めると、彼もにっこりと笑って頷く。

「お褒めにあずかり光栄です。きっと翠玲《すいれい》も喜ぶことでしょう。ありがとうございます」

お世辞ではなく本当においしい饅頭だった。翠玲というのは彼の奥方の名前らしい。

「褒めると文選は奥方の惚気《のろけ》が際限なくはじまるからな」

ハハハ、と虞淵が豪快に笑う。彼はもう三つ目の饅頭に手を出していた。

「文選の愛妻自慢は有名でね」

煌月が補足するように口にした。

「素晴らしい奥方様がいらして、文選様はお幸せね」

花琳が饅頭を食べながら聞いた話では、文選は非常に愛妻家であり、それは宮中ではつとに有名な話であるという。

彼も煌月ほどの美貌はないが、それでも相当の美形。また虞淵のように武芸に秀でているわけではないものの、それなりの腕を持っているらしい。卓越した頭脳と整った容姿にそれなりの腕っ節の持ち主とあって、数年前までは女官たちの間でもかなりの人気を誇っていたようだ。

もちろん縁談もかなり持ち込まれたが、最終的に文選は旧《ふる》くから劉家と親交がある、幼なじみの翠玲と結ばれたということである。翠玲は文選よりも五つほど年上であるし、特段美姫というわけではないが、とても温かな人柄と細やかな気遣いのできる女性である上、先王に仕えていた荘《そう》将軍の娘でもあったため、たいそう肝が据わっているのだそうだ。聡明で非の打ち所のない奥方ということだった。

昔から文選は翠玲一筋で、十八のとき尚書省《しょうしょしょう》の上級官吏に取り立ててもらうなり、正式に婚儀を取り結んだ。今では五歳と三歳の子の父親である。

みんなが語る文選と翠玲の恋物語を花琳はうっとりしながら聞き入る。

(幼なじみ同士で、その恋を貫くなんて……しかも一見冷静そうな文選様がそんな恋をなさっていたって……いい……最高にいい……さすが煌月様の親友……っ！　類は友を呼ぶ、ご友人でさえもキラキラした物語の主人公のようなご経歴の持ち主……っ)

これもまた花琳のツボを刺激したようである。物語のような話はここにもあったとただただ感激するばかり。

(笙に来てよかった……。このお話を聞けただけで、来た甲斐があったわ……生きててよかった……文字の具現化をここで見ているのよ……私……っ、夢？　夢なの……？)

そう思いながら文選を見ると、なんとなく見る目が変わる。

「文選は幼い頃から、翠玲殿に惚れて求婚し続けていたよなあ。十で『私はいずれ丞相となりますゆえ』って言って、翠玲殿のお父上である荘将軍に出世計画を提出した逸話も残っているし。それもよくわかる。この旨《うま》そうな饅頭を見ろ。このような饅頭を毎日食えるというのは幸せだ」

虞淵がそう言いながら旨い、旨いと饅頭を頬張っていると、文選が口を開いた。

「煌月様も煌月様だが、おまえもいつまでも妓楼に通い詰めないで、少しは腰を据えて身を固めることを考えてみたらどうだ。飛然《ひぜん》殿も心配していたぞ。早く落ち着いて欲しいと」

「俺だっていい縁があればとは思ってるが」

「まあ、おまえは見る目がないのが致命的だからな。つい先頃も、おまえのいい人は遠征の間に別の男に乗り換えたというではないか。容姿だけで選ぶからそうなるのだ。少しは文選を見習ったほうがいい」

「あー……。いや……その――本当にこの饅頭は旨い。肉と……筍《たけのこ》か、これは。シャキシャキした歯ごたえがたまらないな」

誤魔化して話題をすり替える虞淵を煌月は笑う。

腹を満たし、空腹の問題が解決したところで煌月が切り出した。

「ところで昨日の毒の件だが、私も書物と、西方の商人から得た標本でしか見たことはない草だったのだが、おそらくあれは心臓に負担をかける薬草だろう。確かなことは言えないが、実芰答利斯《ジギタリス》とかいう植物であるように思う。断定はできないが十中八九」

滔々と毒草について語る煌月を半ば呆れながら、しかし、それは煌月が無事だったために安堵したものでもあるが、二人は口を挟まずに耳を傾ける。

「毒味役の宦官が、心の臓が痛いと申していた。動悸《どうき》もしていたというし、私も多少の悪心《おしん》があった。他の者では目眩《めまい》のような症状を訴えた者もいた」

弱った心臓を蘇《よみがえ》らせる起死回生の薬ではあるが、毒性が非常に強く、本当に心の臓が悪い者でなければ使うことができない薬のようだ。元気な者には毒でしかないらしい。

「もう少し味見をしてもよかったとは思ったが」

毒草を味見⁉　と花琳が目を丸くした。

「毒なのに味見って！」

とんでもないことを言い出す、と花琳は煌月を怪訝そうな目で見る。

「煌月、ほら、花琳様が目を白黒させているぞ」

虞淵と文選は慣れっこなのか、さして驚きもせず、落ち着いたものだった。

「やはり自分で確かめるのが毒を知る一番の早道でもあるからね、味見をして確かめたいのだ。味わって、身体のどの部分にその毒が回っていくのか。それがわからないと対処ができない」

けろっと言い放つ煌月に花琳は言葉をなくした。

「変人だろう？」

ニヤニヤしながら虞淵が言う。

（そ、そりゃあ葉っぱや根がお好きっていうのは……まあ……わからないけど……うん、わかることにしておくとして、毒を味見したいって……いや、大丈夫。大丈夫よ花琳。これだけ素晴らしい煌月様だもの。毒なんかものともせず華麗に……）

もはや思考が混乱してわけのわからない状態になっている花琳であるが、一応煌月を理解しようと努める。煌月が右と言えば右、左と言えば左。毒は味見するもの。

うんうん、となんとか理解したような気持ちになりながら煌月を見る。美しい。そう、美しいは正義。

「変人とはご挨拶な。好奇心と向学心が旺盛と言って欲しいものです。まだまだ試していない毒は山ほどあるので、もっと試してみたいのだけどね」

「やめてくれ……王が自ら毒を試して死んだというのはさすがに目も当てられない」

目を輝かせて得意げに毒を口にしたいと自慢する国王に、二人の友人は頭を抱えて項垂《うなだ》れる。

「……ったく、おまえくらいのものだろうよ。喜び勇んで毒草を食べてみようなどという王様は」

これは思っていたよりもずっと変わり者だ、と花琳は思う。

けれど、面白みのない王様より好感が持てる。自ら毒を味見したいだなんて、毒を盛る立場からしたら、嫌なものだ。

「煌月様はなぜ毒にそこまでこだわるのですか」

花琳が聞くと、煌月がわずかに睫毛を伏せた。

一瞬、聞いてはいけないのかと思ったが、煌月は気にしていないというように口を開く。

「探している毒があるんですよ」

「探している……？」

「ええ、もう十年も探しているのに、見つからなくてね。それを探しているうちに、毒の面白さがわかってきて入れ込んでいる、というわけです」

「そうなんですか……それはどのような毒なんですか?」

煌月が探しているというなら、花琳も手助けしたい。とはいえ、力になれるかどうかは怪しいものだが、せめて聞くだけでも。

「それはそれはとてもおいしそうな黒い実なのですよ。このくらいの」

そう言いながら煌月は指で丸を作って大きさを見せる。

「黒酸塊に似ている実でしてね。それで先王と后妃……私の母ですが——は暗殺されてしまったのですよ。二人同時に」

「え……じゃあ」

煌月は先王を毒殺したその実をいまだに探しているようだった。やはり彼とて人の子。先王と后妃の死の原因を知りたいのかもしれない。

「黒酸塊は母上の好物ではあったので、間違えて食べてしまったのでしょうね。……いまだに見つけられないので歯痒いのですが、おかげで、たくさんの毒を知ることができましたし、自分の身を守るために役立っていますよ」

彼が毒に執着する理由のひとつがここにあったのだ。

先王の死からこの国は変えられてしまった。煌月が本来の聡明さを隠さざるを得なくなってしまったのはそのためだ。

たったひとつの毒で国までが変わる。だからこそ彼は毒というものを深く知りたくなったのかもしれない。


「──それはそうと」

これまでの浮かれた口調から一転、煌月は声を潜めた。

「ひとつ気になるのだけどね、これまでとは趣が少し異なってきたように思えてならないのだが」

「趣？」

「ああ。毒がね……今まで西方のものというのはなかったのだが」

「と言うと？」

「このたびのもそうだが、実は今日、医官から話を聞いてはじめて知ったのだけれどね、三ヶ月ほど前にも毒を混ぜた茶葉が献上品の中にあったというんだ。不思議なことに誰が献上したのかはわからずじまいだったようで、そのまま廃棄の予定をしていたのだが、それを持ち帰った者がいたらしい」

医官の話によると、献上品の検品にて疑わしいものは廃棄されることになっているが、時折廃棄したと偽って持ち帰る下人がいるとのこと。そのときも同様だった。中身は茶であるし、持ち帰った者も特に匂いにも異常を感じず飲んだらしい。

だが、その茶で下人の一家が中毒症状に陥った。飲んだ量が少なかったためかろうじて命を落とすことはなかったが、多量に飲んでいたなら、亡くなってもおかしくなかったという。

茶を盗んだ事実が発覚するのを恐れて隠していたようだが、ふとした雑談からその事件が発覚したのである。

その茶を飲んだ下人から聞いた症状が、園遊会での騒動における毒の症状と似ていたことから、おそらくその茶にも同じ毒が入っていたのではないかとのことだった。

「なるほど……献上品の中にも」

皆で興味深げに話に聞き入る。

献上品の中に仕掛けをされることはままあることであった。

そのため献上品にはよけいに注意を払わねばならない。

「こんなことなら、私が検分しておきたかった」

ぼそりと残念そうに口にする煌月に文選と虞淵は同時に「なりません！」と大声で叱った。

「まったくなにを言い出すかと思えば」

「いや、しかし、そういうことであれば宝の山ではないか。様々な毒が入っているのかもしれないと思うとわくわくするが」

（わくわく、だなんて可愛い……っ！　煌月様のこの楽しげなお顔……満点……っ）

そろそろ己を制御するのも難しくなってきて、顔が緩むのを抑えきれなくなってきた花琳である。複雑そうな顔が呆れたような顔に見えたのだろう、虞淵が「花琳様も呆れてるぞ、煌月」と言った。

（ち、違うの！　煌月様……っ、呆れているわけじゃ……！）

言い訳しようと口をパクパクとさせたが、どう言い訳していいのかわからない。と思っていると虞淵がまた口を開く。

「ほらみろ。これが本気で言っているのだからたちが悪いのだ。花琳様にもご理解いただけてよかった。これが嘘偽りない煌月の本心というのがまた」

はあ、と苦労が絶えない幼なじみたちが同時に息をつく。

「なにを言うか。珍しい食べ物だけではなく、絢爛《けんらん》な布地の果てに至るまで、その由来を調べると生薬……ひいては毒に繋がることが少なくないのだぞ。毒も口にするだけでなく肌に触れるものにもその効果を現すものがある。調べても調べても終わりがない。これほど興味をかき立てられるものは他にないだろう」

いきなり熱弁をふるいだす煌月を、皆は呆れた目で見る。

「私は長い間命を狙われ続けたせいで身体で理解していてね。未知のものは恐怖の対象だけれど、既知のものであればその恐怖は軽減するでしょう？　知っているか、知らないかで、相対した際に冷静な判断をくだせるか、そこが命を落とすかどうかの分かれ目になるのです。また毒というのは同時に薬でもありますから。そこは諸刃《もろは》の剣であり、毒というのは効き目のいい薬にもなり得る。わかっていれば、こちらの強い武器にもなるんですよ」

そうして煌月は「実際、たとえば曼陀羅華というものがあるのですが」と語り出した。曼陀羅華は非常に強い毒で、意識混濁や嘔吐《おうと》や痙攣《けいれん》を引き起こし死に至る。だが、ほんのごく微量であれば腹痛によく効く薬でもあるのだ。痛覚を麻痺させる効果、すなわち痛み止めとして有用である。さじ加減次第と言えよう。

身体に対し効き目のいいものは、反面身体に対して害もあることが多い。それだけ身体が鋭敏に反応するということだ。逆に言うと、害がさほどない薬は効き目もない。効き目がよくて、害のない薬というのはほとんどないと言っていい。効果のある薬はどこか危険を潜ませているのである。

そしてそれを見越してうまく使えば、効果的な治療を行える。

薬の性質を理解し、利用することも必要であると煌月は悟り、以来薬に異常な興味を示すようになった。それが自らの身を守るためでもあると。

しかし、探究心も結構だが自らの命をさらすというのは一国の王としてはけっして褒められることではない。

文選があからさまに大きく息をつく。

「あのですね、これ以上我々をやきもきさせるのはやめてください。あなたに仕える者皆の心の臓が止まってしまいますから。いいですか、あなたがうっかり死んでしまえば、この国は終わってしまうのですよ。そうなれば十年前、必死にあなたを逃がした我が父劉《りゅう》己《き》の苦労はどうなってしまうのです。虞淵の父、汪《おう》飛然だってそうですよ。黒檀山の戦いでどうにか繹《えき》に譲歩させて、あなたをこの国の王としたのです。もう少し周りのこともお考えください」

こんこんと説教されて、煌月はいくらか殊勝な態度になる。

花琳も煌月が王位についたそのいきさつは、多少は知識として知っている。十年ほど前にこの国やそして花琳が嫁ごうとしていた喬も含め、様々な国の状況は大きく変わった。大国に呑まれてしまったといえばそれまでだが、自分の国が大きく変わらざるを得なかったというのは、どれほどの傷をこの人たちの心に与えたのだろう。

「……皆の苦労はわかってるよ。うかつなことを言った。申し訳ない」

煌月自身も自覚はしているらしい。当時皆が命がけで自分の命を守りきってくれたことを。その意味もよく理解している。だからこそ足元を掬われぬように、自分の命は自分で守らねばと思っているだけ。

文選も虞淵も煌月の気持ちは理解しているが、しかし、煌月にはいささか行きすぎるきらいがあるため、油断は禁物とあえて手綱を引き締めにかかっているということだ。

その証拠に――。

「とはいえ、煌月様のおかげで、医術に関してはこの筌はどの国にも引けを取らないことは確かですので……暴走しない範囲でなら、認めますけれどね」

横目でちら、と煌月を見ながら小さく笑った。

さて、と文選は話題を切り替える。

「話は戻りますが、主上がおっしゃるその実芰荅利斯《ジギタリス》とやらは、西方のものとのことでしたね。では主上は現在ご自身をつけ狙っているのが、西方に通じている輩、と……そう考えていらっしゃいますか」

「そういうことも視野に入れるべきだとは思っているよ。西方のものは私たちにとってはまだまだ未知だから、つけいる隙があると考えているのだろうし。現に私も西方の毒については、詳しくない。勉強不足を痛感している。昨日は運よく避けられたのだろうが、次はどのような手に出てくるのか。うかうかしていられない。……なにせ、他国の不穏な空気も窺えることだしね」

「――んなこと言って、また街に出ようって魂胆だろうが」

饅頭をパクつきながら、虞淵が言う。重箱を見ると、たくさん入っていたのに、あとはもうわずかしか残っていない。

「ま、そういうことだ。来週あたり薬種問屋に西方からの商人がやってくると聞いた。少し話を聞かせてもらおうかと考えている」

煌月のその言葉に飛びついたのは花琳である。

街に出る――煌月は花琳の一推し『桃薫伝』を読みたいと言っていた。それなら書肆に行って、煌月に花琳のお勧めの本を紹介するいい機会なのでは……。あの素晴らしい世界を煌月と分かち合いたい。『桃薫伝』の皇帝陛下のような煌月が『桃薫伝』を読む、最高か……と花琳は一人妄想しては内心でニヤニヤとする。

「煌月様……！　私も連れていってください……っ」

花琳は目を輝かせた。

するとそれまで口を挟むこともなかった白慧が青ざめた顔で「いけません！」と慌てて叱りつけた。

「どうしてよ。いいじゃない。もちろん白慧も一緒よ。私ももっと見聞を広げたいの。煌月様もおっしゃっていたじゃない。知ることは武器になるって。私も見聞を広げ知識を蓄えたら、対処する力がつくかもしれないでしょ」

屁理屈である。まごうことなき屁理屈。しかし手段は選んではいられない。

だが相手も手強かった。白慧にじろりと睨みつけられる。

「危険でございます。だいたい先日も怖い目に遭ったばかりではございませんか」

「だからじゃない。あのときはなんにも知らなかったんだもの。それに氷に戻れば自由なんかなくなってしまうのよ。せめてここにいる間くらい、楽しかった思い出が欲しいじゃない」

こう言えば、いくらかは白慧の同情を買うこともできるかと、目を見開いた。こうしていると空気が目に入って、その刺激で自然と目が潤んでくる。要するに嘘泣きができるのだ。

「――花琳様、嘘泣きは白慧には通じませんよ」

そう冷たく言い放たれる。やはり幼い頃からの教育係にはこの手は通じないようだった。

第六章

花琳、物語の終わりを読み、闇夜にとんだ災難に遭う

ごとり、と楔《くさび》になっている石を動かすと他の石も動く。頭の上の大きな石を動かすと、人ひとり通り抜けられるほどの穴となり、外へと出られる。

ここはちょうど西門へかかる橋の下。清祥殿から繋がる隠し通路の出口であった。

実は煌月《こうげつ》が清祥殿にいるのは軍機処が近いためだけではなかった。清祥殿には外へ出る抜け道が設けられているのである。かつて——十年前、先王が暗殺された際、煌月は汪飛《おうひ》然《ぜん》に連れられここを通って逃げたことがある。東宮であった自分はすでに命を狙われていたためであった。

この通路の存在を知っているのは、ほんの限られた人間だけ。煌月が信頼しているごくわずかな数名である。それをいいことにこうやって抜け出しているのだが。

いつもどおり、隠し通路を使ってまんまと宮殿を抜け出した煌月だったが、今日は様子が違う。というのも出口には虞淵《ぐえん》が立ち塞がっていたのである。

「煌月、あれだけ文選《ぶんせん》に釘を刺されたくせに懲りないな」

「……虞淵。その……今日は随分と天気がいいな」

待ち構え、仁王立ちになっている虞淵に、煌月は愛想笑いを浮かべる。

「誤魔化すな。また抜け出しやがって。この前一人で動くな、と文選にきつく言われたばかりであっただろう。——ったく、文選の言うとおりに張っていたら、やはりこのザマだ。舌の根も乾かぬうちに」

結局花琳《ふぁりん》らは連れずに煌月は虞淵を伴って李《り》の店に出向くことにした。自由を満喫したいという花琳の気持ちはよくわかるが、白慧《びゃくけい》の同意なしには連れ歩くわけにもいかない。それにまたいつなんどき暴漢に襲われないとも限らなかった。

そこで出かけることにしたのだが、いちいち文選に外出を伝え、虞淵に付き添ってもらいながら外へ出る手間が煩わしいと、単独行動しようとした思惑はすっかり見透かされていて、煌月は笑って誤魔化した。

「いやあ、さすがに文選だ。ぬかりない」

「なにがぬかりない、だ」

ふん、と虞淵は鼻を鳴らす。

「しかし、おまえも武学院があるのではないのか」

虞淵は武官を育てるための教育を受ける場である武学院も統括している。文武両道を目指し、優秀な若き武人を育てることを第一とし、毎日多くの若者が切磋琢磨《せっさたくま》しているのだった。

今日は虞淵も武学院での稽古があるから、まさか見張られまいと思っていた。いるはずがない男がここにいて、さしもの煌月も顔が引きつっているのを隠せない。

「俺と文選はおまえの行動については熟知しておるからな。どうせすぐにでも宮殿を出ると踏んだ。武学院は幸いおれには有能な部下が大勢いるんで、そいつらに任せてきたよ」

「しかし、やはり武学院にはおまえがおらねば。修練をおろそかにしてはいけないのではないか」

「遠慮するな。武学院なら問題ない。おまえのような素行不良の王に仕えるためには、何事も臨機応変に対応せねばならんということを実地で教えるいい機会だ。これも部下を育てるためだから気にするな。——ということでおれはせいぜいおまえに付き合うことにする。うるさ方には煌月に稽古をつけてやると体裁を整えてきたから、しばらくは自由の身だ」

ニッ、と笑う虞淵に煌月は大きく息を吐いた。

「そうか。……では、少々私に付き合ってもらいますね」

身体の大きな虞淵といるのは目立つが、暴漢が襲ってきたとしても安心は安心である。

今日のところは親友らの言うことを聞いておこうと、煌月は街へ向かって歩きはじめた。

気になるのはやはり実芰答利斯のことだ。

あれは花が美しいらしい。絵図でしか見たことはないが、想像するだけできれいな花だというのがよくわかる。煌月は薄紅や紫の鐘状の花が鈴なりになっている様を思い浮かべた。

「また李の店に行くのか？」

「ああ。あの店の者で、西方に生薬を買い付けに行っている者がいます。その者なら、多分先日の毒草のことも知っているのではないかと思うのですよ」

「なるほどな」

書物にあることなら煌月は誰よりもよく知っている。だが、実際の植生についてはよく知らないものばかりだ。宮中の庭園で育てているものもあるが、すべてというのは無理な話だ。気候によって育てられるもの育てられないものもあるし、木や昆虫などに寄生するもの、また特定の木にしか育たない茸《きのこ》もある。どのように入手しているのか、実際にはわからないものも多々ある。それゆえ、書物から得た知識を補完するためにも、詳しく知る者から話を聞きたかった。

「実芰答利斯ですか……。はて……私は取り扱ったことはありませんが、西方へ買い付けに行っている者がおります。その者と話をされますか」

「時間を取らせてしまってすまないが、ぜひそう願いたい」

「他ならぬ先生の頼みですので喜んで。ですが……大変申し訳ないのですが、ちょっと今使いに出ておりまして。小一時間で戻って参りますがこちらでお待ちになりますか」

西方へよく買い付けに行くという男に話を聞きたいと言うと、留守にしているという。李に甘えて店で待ってもいいが、少々小腹が空いている。

横目で虞淵を見ると、店の外へ視線をやっていた。彼の視線の先には饅頭屋がある。きっとあの店を見ているのだろう。彼も腹を減らしているに違いなかった。

「いえ、それには及びません。ちょうど腹も減っていますから、食事をして時間を潰しますので」

「そうですか。お待たせして申し訳ありませんが」

「お気になさらず。勝手に押しかけているのはこちらゆえ」

言って、煌月は虞淵と連れだって店を出た。

店を出たとき、通りの向こうに気になる人影を見た。その人影はあたりを気にしながら細い路地へと入っていく。その先を目で追おうとしたが、雑踏に紛れて見逃してしまった。

「どうかしたか」

「いや、気のせいだろう」

「そうか。いつものところでいいのか？」

「ああ。あの店は旨いだろう？」

「確かに。安くて旨いのはありがたいな」

二人が出向いたのは、近くにある大きな酒楼である。この酒場の主人も以前に煌月の治療を受けたことがある。それ以来、主人は絶大な信頼を煌月に寄せていた。

酒楼というのはいいにつけ悪いにつけ様々な噂が飛び込んでくる。それがいい縁を結ぶこともあるが、揉め事になる場合もある。情報を集めるというのは、おそらく砂金拾いのようなもので、なにが金になるかの見極めが一番大事なのだ。

「この店はエビの炒《いた》めが絶品だよな」

皿一杯に盛られたエビの炒めと、イノシシの煮込みで頰一杯にした虞淵が満足そうに言う。煌月もエビを頭からむしゃぶりついていた。

宮中でこのような行儀の悪い食べ方をすれば、春玉あたりに叱りつけられそうだが、なにしろこれが一番旨い食べ方だ。

目の前で虞淵がバリバリと音を立てて食べているのを見ると、ますますそう思える。

「この炒めの香辛料の使い方がうまいんだ。食欲をそそる香りと、後を引くピリッとした辛さが絶妙でね。このカリッと揚げている殻が、カリカリして歯ごたえがまたいい」

「なるほど。宮中でもこんなのがいただけるといいのですけれど」

この酒場の料理は香辛料が多く使われている。香辛料の豊かな料理は西の地方のものだが、今食べている炒めには唐辛子と孜然《ズーラン》というセリの仲間の種が風味付けに使われているようだ。

「いやあ、旨い。これで美女でもいるのだったら、最高に幸せなんだが。美女というと、この前園遊会でお目にかかった紫蘭《しらん》殿はやはり噂通りの美人だったな」

はあ、と先日の園遊会を思い出しているのか、遠い目をしながら虞淵が言う。

紫蘭、と聞いて、煌月ははっとした。

先ほど、なにかひっかかる、と感じたのはそれだ。

あのとき路地に入っていった人影は、紫蘭によく似ていた。他人の空似、ということもあり得ないことではないが、あれだけ印象的な女人だ。距離が離れていたとはいえ、そうそう見間違えることもない。

「紫蘭殿らしき姿を先ほど見かけたのですが」

「まさか。後宮からは気軽に出てこられやしないだろうが」

「それはそうなのですが……。いや、しかしあれは紫蘭殿でしたね」

「見間違いじゃないのか」

後宮にいての外出は、煩雑な手続きが必要である。よほどの後ろ盾があれば別だが、おいそれとできることではない。縁談かあるいは家族の葬儀でもなければ任期の間、外出というのは難しい。

そのどれでもないとすると――煌月のように抜け出してくるか。だが、後宮には隠し通路のようなものはない。やはり虞淵の言うとおり、見間違いなのかもしれなかった。

「……そうですね。近くで確認したわけではないし、あの後宮から出てくるというのは無理がありますか……。おそらく私の勘違いでしょう」

腑に落ちないものがあったが、一介の侍女である紫蘭が街中に現れるというのは現実的ではなかった。

「しかし、見間違いとはいえ、紫蘭殿に似た女人となれば、かなり美しい女人だったのだろう？　なぜそのとき俺に教えなかった」

悔しそうに虞淵が言う。

「教えなかったと言われても、遠目でしたから。それに細い路地に入っていって確かめようがありませんでしたしね」

「それはそうだが……紫蘭殿か。ああ、やはり簪の一本でも贈っておいたほうがいいか」

宮中でも評判の紫蘭に虞淵もやはり一目惚れしたらしい。

贈り物をして、気を引きたいと考えているのだろう。

「本当におまえときたら。まあ、気になっているのならなにか贈ればいいでしょうに。ここでうじうじと後悔したまま、なにを贈っていいかわからないから贈れない――とか言っていると、また横から他の者にかっ攫われますよ」

「厳しいな、おまえは」

「それでいつも失敗しているのでしょうに」

「わかっているが……しかし、俺にはこう、女人の喜ぶようなものというのが皆目見当がつかなくてだな」

身体と顔に似合わず、ぐちぐちと言い出して煌月は呆れ返る。

「とにかく、きっかけ作りに櫛《くし》でも簪でも贈ってみてはいかがですか。なにがいいのかわからないというなら、出入りの商人にでも訊ねてみたらいいでしょう。宮女の間でなにが流行っているのか、一番よくわかっていますよ」

はあ、と虞淵は深い溜息をつく。

「あとはそうだな、花琳様にでも聞いてみるのもいいかもしれませんね。若い女人がなにを喜ぶのか、一番よくわかっているでしょうから」

「それもそうだな」

「ああ。虞淵にはいつも世話になっていることだし、親友としては、ここで一肌脱いでおまえの恋を応援しますよ。約束しましょう」

煌月は真顔で言うが、虞淵は怪訝そうな顔をしている。

「なんですか、その顔は」

「約束を違《たが》えるなど、おまえはしょっちゅうではないか。今だって文選としばらく市中には出ないと約束しておきながら、こんなところでエビを食っている」

虞淵がチクリと嫌みを言うが、煌月は「それは別」と素知らぬ顔をして、エビを食べ続けている。

「とはいえ、そういえば紫蘭殿は、湖華妃《こかひ》のご実家の縁ということだが、いったいどちらの出なのでしょうね？　春玉《しゅんぎょく》にそれとなく聞いてみましたけれど、詳しくは知らないと言うし」

「どうやら、湖華妃の母方の弟君であられる呂《りょ》殿のご息女のようだ。呂殿は最近姪御《めいご》殿を養女に迎えたらしくてな。それが紫蘭殿というわけだ」

さすがに虞淵のほうがよく知っている。それだけ武官や文官の間でも話題になっているということだ。

「呂殿か。西の地方の官僚でしたか？」

「そうだ。おそらく、紫蘭殿を後宮に送り出すことで、さらに強い結びつきを得ようとでも思っているのかもしれないが。あの美貌だ、出世しそうな高官との縁があればとでも考えたのだろう」

「おまえのような、ですか？」

煌月にニヤリと笑われ、虞淵はカッと顔を赤くした。

「そ、それは……！」

「照れなくてもいいですよ。紫蘭殿がどういう女人なのか、まだわからないのでしょう？　おまえがよろめくような美形だ。他にも言い寄っている御仁がたくさんいるに違いないでしょうし」

「そこ、まさしくそれなんだが……」

案の定、すこぶるつきの美形と言われる紫蘭という女性は、見初めた官吏や貴族から、毎日のように贈り物が届いているらしい。

だからといって、他の女官と険悪にもなっていないようだ。というのも、紫蘭は養父である呂氏からかなりの支度をしてもらっているようで、珍しい細工物や布地、絨毯、そしてこの筺《しょう》でも見たことのないような西方の菓子まで、送ってくるのだという。紫蘭はそれを他の女官たちに気前よく分け与え、また、女官と官吏との橋渡しもして、縁談をまとめるなどのこともしているのだといった。おかげで女官らの評判も上々。なにからなにまでそつなくうまく立ち回っているらしかった。

「かなりのやり手ですね」

後宮というのはいわば魔窟のようなもので、煌月もおいそれと立ち入ろうとは思わない。父王が残していった妃嬪たちの生活をとりあえず守る義務はあるから、不義理だけはしないように挨拶や日々の贈り物はするものの、それ以上には関わりたくないと思っているほどである。

もうひとつ、煌月には気になることがあった。

「呂殿は少し前までは中央にまるで興味がないと隠居なさっていたと伺いましたが」

「それがやはり紫蘭殿が養女になってからお気持ちに変化が出てきたようでな。今では様々な貴族のもとに付け届けを欠かさないようだぞ」

「ほう。それはすごい」

一人の美女で国が動くというのは、古今東西どこにでも例があることだ。もしかしたら呂もそれを夢見ているのかもしれない。

浅はかな考えだとは思うが、多くの貴族の中にはそれを現実的なものとして考える者も少なくなかった。

エビをしゃぶりながら、現実に今女人一人に心を乱されている男を興味深げに見る。この惚れっぽい親友が女人で身を滅ぼすことにならなければいいが。

「ん？　俺の顔になにかついているか？」

じっと虞淵の顔を見ていたことに気づいたのか、話しかけてくる。

「ああ、頬にエビのタレがついていますよ」

そうか、と言って、虞淵は袖で頬をぐいと拭う。

「夢中で食っていて気づかなかった――それよりおまえも因果なことだな。宮中で食事をするより、街で食事をしたほうが安全ってのは」

煌月にとっては、市中での食事のほうが毒を盛られる可能性が低い分、安心で安全である。ここにいれば一介の医者。誰も本当の身分など知らない。

よけいな緊張感を覚えずにすみ、実に快適だった。しかもとてもおいしいときている。

「おまけに、今流行の食べ物も味わえますしね。一石二鳥です」

「だからといって、毎回抜け出すってのはやっぱりやめておいたほうがいいと思うが」

「それはそれ、これはこれ、だ――ご主人、すみません。おかわりを頼みたいのですが」

皿をぺろりと平らげ、旺盛な食欲を見せる煌月に虞淵は苦笑いを浮かべる。宮中ではこうはいかない。まったく王様というのは不自由な生き物だな、と親友を見ながら酒を呷《あお》った。

おかわりを持ってきた酒場の主人に煌月は「そういえば」と話しかける。

「今し方まで、隣にいた客人の話が聞こえてきたのだが……なんでもこのところ、役人の羽振りが随分いいらしいですね」

隣の席で酒を飲んでいた客がそんなことを話していたのを小耳に挟んでいた。煌月がそう切り出すと、主人はそのとおりとばかりに相づちを打つ。

「ええ、ええ、そうなんでございますよ。最近、お役人のお客様をよくお見かけするように。それもですね……」

主人はきょろきょろとあたりを見回し、声を潜めると煌月にそっと耳打ちした。

「あまり大きな声じゃ言えませんがね、真っ昼間っから、そこかしこの妓楼に入り浸ってる方もかなりいらっしゃいましてね」

「ほう」

「なんでも、何日も逗留《とうりゅう》してるという方もいるという噂ですよ。それも大きな廓で」

主人は煌月に妓楼の名を告げる。そこは先日煌月が立ち寄って、妓女の治療をしたあの店だった。煌月は虞淵へ目配せをし、虞淵は小さく頷く。

「ほう、お役人というのは随分と金を持っているものですね。逗留するとなると相当の金が必要でしょうに。よほど俸給がよいのでしょうね」

しれっと言う煌月の横で、虞淵が笑いをこらえている。下級役人ではそれほど金を持ってはいない。特別俸給が悪いことはないが、さしていいわけではない。

ただ、働きに見合った報酬は与えており、実力次第で昇給は可能である。金回りがいい役人は袖の下は厳しく禁止しており、発覚次第相応の処分は下していた。

本来存在してはならないものだ。

「それがですね、虎月《こげつ》様。ここだけの話ですが、なんでもそこかしこの行《ぎょう》に役人が顔を出しているらしいのですよ」

行、と聞いて、煌月の眉がぴくりと上がった。

「行？」

「ええ。近頃では穀物問屋に行とかいう、商会組織ができましてね。取引はすべて行を通すことになっているそうなんですよ。おかげで穀類の価格が上がっちまいまして、こちらとしては頭を抱えているんですが。まあ、価格の基準ができるのはありがたいことではありますが、それにしてもかなり値上がりしておりまして、以前と同じ値段で小麦を買おうと思っても、質の悪いものしか買えなくなっちまったんですよ」

はあ、と主人が溜息をつく。

商人同士での組織である行は、中央が関わることではないから、そこいらの情報には疎かったのは否定できない。国としては、規定通り税が納められていればそれで問題なく、商人同士で互助組織を作ることは法に触れることではなかった。

「けどねえ、こちらとしちゃあ、やっぱり今までどおりの値段で皆さんに召し上がってもらいたくて。まあ、なんとか踏ん張ってはいるんです。やはり値上げしてしまうと、うちも客の入りが悪くなってしまいますから」

「大変なことですね。知らずに申し訳ないことを」

「いえいえ、こういうのはお客様には直接関係ないことですから。……それで、その行にお役人様が入り浸っているんですよ。建前上は、行で不正——品質の保証についてや過分な値のつり上げがなされていないかどうかを監視……ということにはなっているんですがね」

「――なるほど……もしかしたら、そこでさやを抜いたものをさらにかすめ取っている、と」

虞淵が横から口を出す。

「高い上に、粗悪品まで多く出回っていて、これでは旨いものをお出しすることもできませんでねえ。本当に商売あがったりですよ」

「粗悪品までか。それも役人が絡んでるということだな」

主人は小さく頷く。

たぶん煌月と虞淵はお互い同じことを考えていたに違いない。おそらく役人が粗悪品の流通に加担しているのだろう。そしてさやの中抜きをして役人の袖の下になっている……。

「あくまでそういう噂があるってだけで、確かなことは言えませんが……」

「それが本当ならば悪質極まりないな。許されることではない。――ここでは公正な取引ができるからこそ笙という国が成り立っているのだというのに」

憤慨している虞淵を前に煌月は苦笑いを浮かべる。悪というのは、油断するとどんなところからも芽吹いてくる。雑草のように、摘んでも摘んでも、あっという間に出てくるものなのだ。

（粗悪品が出回っているということだが、そうなると良品はどこに流れているのか）

気になるのは役人の不正だけではなく、中抜きされた品物の行方《ゆくえ》もだ。ダブついた品質のいい穀物はいったいどこへ……？

市場に一部あるとはいえ、それがすべてではない。だとすれば残りのものはどうなっているのか。調べてみるべきことはどうやら山積みのようだった。

李の店に戻ると、高忠《こうちゆう》という者が二人を待っていた。

「留守をいたしまして、申し訳ありませんでした。主人から実芰答利斯のことをお教えするようにと申しつけられております」

高忠は浅黒い肌を持つとても気のいい青年であった。もとは筀よりも西の小国の出身であり、西方の言葉を話せるということで、李の店に雇われることになったと自らを語っていた。

早速煌月は先日の毒草――実芰答利斯について訊ねる。

自分が食べさせられそうになったとは言わず、適当に誤魔化してあやうく食べそうになった人がいると説明した。

「存じておりますよ。あれは花がきれいだから、庭に植えている方もおりますし。西国だけでなく、ときどきこの筌でもお見かけしますね」

園芸用として求める貴族がごく稀《まれ》にいるという。特に西方に近い地方の貴族で密かに流行っているのだと言った。

「庭を彩りたいと思うほどきれいな花なのですね。筌でも育てている方がいるとは」

「大輪の花ではありませんが、群生していると、とても華やかに見えますので」

高忠は李の店の買い付けをしているだけあって、目利きの腕もよく、知識も豊富だった。実芰答利斯についても多少は知っているらしい。

「実は、こちらを見ていただきたいのです。——これは実芰答利斯かと思っているのですが、おわかりになりますか。生憎《あいにく》、西方のものについては私は勉強不足でして」

持参した、紙にくるんで保管していた葉の断片を高忠に見せる。高忠はしげしげと乾燥した葉を見つめていた。

「ええ、これは実芰答利斯の葉でしょう。よく似ています——ああ、そうだ」

少しお待ちください、と高忠が一度席を立ち、店の奥へ引っ込む。ほどなく戻ってきたときには一冊の書物を手にしていた。

それを煌月に差し出す。

「これは?」

「西国の医書です。特に薬について詳しく書いてあります。たぶん実芰答利斯についても書いているかと思います。私は西方の言葉を話すことはできるのですが、あちらの言葉は読み書きがあまりできないもので……持っていても宝の持ち腐れになりますのでよろしければお持ちください。虎月様は西国の文字について明るくていらっしゃると伺いましたので」

「貴重なものを……！　よろしいのですか」

「はい。ぜひお役立てください。その代わりと言ってはなんですが、書いてあることをお時間のあるときにお教えいただけたら……」

人懐っこい男は煌月に頼み込む。この書物を手に入れたのはいいが、読めないためどうしようかと持て余していたらしい。

「承知しました。ではこちらはお預かりしておきましょう。内容を笙の言葉で説明できるようにしておきますね」

ありがとうございます、と煌月は高忠に礼を言い、李の店を後にした。

＊＊＊

煌月についていくのを反対されたせいで、花琳はおとなしく宮中に留まっていた。

(まったく、白慧ってば石頭なんだから。せっかく煌月様に『桃薫伝』をお勧めするいい機会だったのに)

そしてあわよくば書肆で新しい物語を購入してこようと思っていたのに、その目論見《もくろみ》も潰《つい》えてしまった。

(ま、いいけど。早く最終巻を読まなくちゃ)

ウキウキと『桃薫伝』最終巻である第六帖を手にする。

読書にはやはりお茶とお茶菓子。幸い、先日煌月からもらった梅の砂糖漬けという極上のおやつがある。お茶も最高級の桂花茶と準備万端である。

そうして読みはじめた——のが、数時間前。

そして——。

「うううううう……こ、こんな悲しい結末……っ。死で二人を引き裂くなんて、ひどい、ひどいじゃないいいいいっ。……で、でも……っ、でも……っ、死んでもなお二人は愛し合うんだわ。そうよ……永遠の愛……っ」

花琳は今大変なことになっている。大号泣なんてものの騒ぎではない。

『桃薫伝』の最後は、いったん結ばれた二人を、皇帝陛下のことを恨みに思っている西国の姫が毒殺してしまうのだった。それも二人の思い出の果物に似た毒の果実で。

すっかり花琳の目は腫れ、もう涙か鼻水かもわからないくらい顔じゅうをびしょ濡《ぬ》れにしている。こんなところに誰かがやってきても会うことなんかできやしない。

そんな花琳を白慧が冷めた目で見ていた。

「たかだか恋愛小説でそこまで……」

ぼそりと言った言葉に花琳は反応する。すかさずキッと白慧を睨んだ。

「たかだか、じゃないの！　そんなことを言う前に白慧も読んでごらんなさいよ。読んでからたかだか、って言ってみなさい！　ああ……もう、この感動を誰かに伝えたい……。尊いの、尊いのよ。二人の互いに互いでなければならない、お互いが唯一無二の存在だと、そういう存在なのよ……！　最高……心が震えるわ……」

本を抱きしめ、じたばたとする花琳を白慧は遠巻きに見ていた。

というのも、これでもうかれこれ三回目くらい同じ話を花琳に聞かされているからである。『桃薫伝』についてのあらすじを滔々と語った後、最終巻のどんでん返しとともに悲恋の最後についての感想を述べながら号泣して、またどれだけ『桃薫伝』が素晴らしいかということを解説し――そしてまたあらすじに戻るのである。

おかげで白慧は読まずともだいたいの筋はわかっていた。なので、そろそろうんざりとしていたところである。

そしてたぶん四度目に突入しかけたときだ。

花琳はふとあることに思い至った。

「毒の果実――？」

どこかで聞いた話だ。どこで聞いたのだったか。

おいしそうな……黒酸塊のような実で先王と后妃が暗殺された……そう言っていたのは煌月だ。

そこまで考えて、いやいやいや、と思い直す。

毒で殺される話などどこにでもある。その毒が果実であっただけの話で、ただの偶然だろう。この前そんな話を聞いたから、つい――もしやこの話は筐の先王のことではないかと重ね合わせただけのことだ。

「花琳様？」

てっきり四回目の話がはじまると思っていた白慧が不思議そうな顔で声をかけてきた。

「あ……ああ……あっ、そうそう、白慧、お茶のおかわりを淹れてくれない？」

永遠に繰り返されるかと思っていた話が終わったことで、白慧の顔もホッとしたようなものになっていた。かしこまりました、とお茶のおかわりを淹れる。

「そういえば花琳様、そろそろこちらをお暇しなければなりません」

いくら煌月の厚意とはいえ、いつまでもこの宮殿に留まっているわけにもいかない。

冰《ひょう》の本国としては、花琳と喬の王太子との縁が絶たれた今、筐の煌月が後宮に迎え入れてくれないかと考えているとも聞いた。

「相変わらず年寄りどもときたら、都合のよいことばかり……花琳様を単なる駒としか扱うことがない。まあ、花琳様は笙の後宮にとなると、それはそれでお喜びになるでしょうけれど」

白慧が溜息交じりに愚痴をこぼした。

「仕方がないわよ。年も年ですもの」

十六歳、という年齢は、非常に微妙な年回りだ。

輿入れには適齢と言える年齢で、これを逃してまた別の輿入れ先をとなると、急がなければならない。これを逃すと、行き遅れということになってしまう。

「確かにお歴々が煌月様の後宮にと望む気持ちもわかるし、わたくしもあの風変わりな王にならお花琳様を安心してお預けできますが……少なくとも、あの御方は花琳様を大切に扱ってくださるでしょうし。ダメでもともとですから意向を伺って見るのもひとつの手かと」

真面目《まじめ》くさった白慧の言葉に花琳は苦笑いをする。

「でも煌月様ってば毒が恋人ですもの。毒にでもならないと後宮に入れてくれないと思うけど」

「そうかもしれませんね」

白慧も笑いながら同意する。

とはいえ、個人の感情など婚姻にはまったく無関係である。

なにしろそもそもの輿入れ先であった朱王太子の人となりはまるでわからないままだった。後宮に入るというのは、相手がどうこうというものではない。そこがまともかそうでないかは、入ってはじめて知ることだ。花琳をどのように扱うかは、見当もつかないのである。

得てして嫁ぐというのはそういうものだとは花琳も一応理解している。

理解はしているがしかし……嫌だ。

(あーあ、煌月様の後宮に入れたら、とは思うけど……。でも……花琳、煌月様のお顔が後宮に入ったらいつでも見放題よ。こんな好機二度とないわ。白慧の言うとおりダメで元々、入れてください！　って言ってみようかな)

なんといってもあの美貌をいつでも見られるというのはなによりの幸せだろう。みすみすこの機会を逃す手はないのではないか、と花琳もだいぶ乗り気になってきた。

(でも断られたらそれはそれで悲しい気持ちにはなると思うけど……もう顔も見たくないって言われたら……辛いかも……)

すべて取らぬ狸《たぬき》の皮算用である。ここでいくら妄想したところで嫌われるも好かれるもない。

(どっちにしても一度は国元に帰らないといけないのよね、きっと)

ともかく今頃本国ではあれこれ策を練っていることだろう。

朱王太子がみまかられたのは、氷としても計算にくるいが生じたことになった。王家との繋がりを持ちたいというよりは、喬の丞相、京淑《けいしゆく》という男に加担したかったのである。京淑と組むことによって、喬という国は立て直しが図られるはずだった。

近頃またしても繹《えき》が他国への侵攻に積極的になっている。繹という国がある以上、いつ侵略されるかというのは時間の問題とも言えた。

氷は兵器の製造という秀でた技能を持つ、いわば特殊な国である。そのおかげでこれまで繹は氷まで手を出すことはなかった。が、他国との均衡が崩れればそれもわからない。そもそも現在滞在している笙という国は彼の国の属国であるため、ほぼ繹といって差し支えはない。となればここが拠点となるだろうことも容易に想像がつく。

今は喬という国がまだかつての大国としての存在感を示し、繹を牽制《けんせい》しているが、そうでなくなってしまえば――一気に繹が諸国に攻め込む事態になりかねないのである。

「そういえば、また湖華妃様からお茶のお誘いを受けたのですね」

白慧に聞かれ、花琳は頷く。

「湖華妃様、やはり少しお寂しいようなの。葉紅様が嫁がれてからお一人だから、金糸雀しかお慰めするものがないのね」

「そうですか」

「私には風狼《ふうろう》と白慧がいるけれど。ね、風狼？」

いつも花琳の側にいて慰めてくれる存在は本当に心強いし、彼らがいるから自分は寂しいと思ったことはない。が、湖華妃はやはり寂しいのだろう。ときおり、ひどく悲しい目をしている、と彼女の伏せた睫毛を思い出しながら花琳は風狼の頭を撫でる。

「氷の花火の話を聞きたいとおっしゃっているみたいなの。私でお慰めになればいいのだけれど」

「ああ、花火はこちらではなかなか見られないかもしれませんし、たくさんお話しして差し上げればよろしいかと思いますよ」

後宮から出られない身では、人と話をすることがなによりの気晴らしとなる。

湖華妃は先王が亡くなった後も、宿下がりすることなくここにいるというのは、やはり先王のことが忘れられないのか。

しかし、彼女よりも寵愛されていたのは煌月の母である梅香妃《ばいこうひ》だった。そして梅香妃は先王と共に毒殺されている。当時の湖華妃の心境はわかるはずもないが、きっととてつもなく複雑な心持ちだったに違いない。

そしてそれでもなおここにいることを選んだ――。

（よっぽど、先王のことを愛していらしたのかしら……）

玻璃宮の装飾は西の地方のもので彩られている。どういういきさつで入内したのかはわからないが、もしかしたら西へ帰ることを許されなかったのかもしれない。

(西……そうだわ、湖華妃は西のほうのご出身だと伺った……)

どこかモヤモヤとした感情が花琳の胸に広がった。

『桃薫伝』という話に似ているというには、あまりに短絡的だが、なんとなく嫌な予感がする。偶然に決まっている、と花琳はモヤモヤを吹き飛ばすように頭を振った。


「花琳様とお話ししていると、時間があっという間に過ぎていきますね」

ふんわりとやわらかい笑みを湖華妃は浮かべる。本当に少女のまま時が過ぎていった、という雰囲気の彼女はきれいで艶やかだ。

玻璃宮の異国の香りをまとった空気は、この後宮においても少し異質な感じがする。行ったこともないくせに、西方の国へ旅をしたような。

(やっぱり考えすぎよ。まさか湖華妃が先王と后妃を……なんて)

一瞬でも物語と湖華妃や笙の先王、そして后妃について重ね合わせてしまったことを後ろめたく思っていた。

(ちょっと物語に毒されちゃったかしら。こんなこと白慧に言ったら、本を読むのを禁止されちゃいそう。『桃薫伝』は終わってしまったのだし、早く次の物語を読みはじめようっと)

湖華妃との歓談は本当に楽しい。

いただいた茶も独特だった。深く発酵させた茶葉だというそれは琥珀色《こはくいろ》の水色で、味もこくがあるような気がした。砂糖をたっぷりと入れて飲むのだが、甘くて贅沢な味がする。

「花琳様、また金糸雀でもご覧になる？　これから餌《えさ》をやるのだけど」

湖華妃自ら金糸雀に餌を与えるとのことで、その様子を見せてもらうことにした。

「ごめんなさい。あちらの卓子にのっているお皿を取ってくださる？」

少し離れたところにある卓子の上の皿を取ってほしい、と湖華妃に頼まれ、花琳は卓子のほうへ歩いていく。

「……？」

床の上――敷物の隙間になにかが挟まっている。どうやら紙のようだ。

(落とし物だわ)

花琳がしゃがんで拾い上げた紙には、びっしりと文字が連ねられていた。見るつもりはなかったが、つい目が字を追ってしまう。

(え……これって……)

驚いて目を見開く。

「花琳様？」

湖華妃に呼ばれ、「はい、ただいま」と返事をする。花琳は今拾った紙切れを思わず懐に入れる。そして皿を持って湖華妃のところへ戻った。

(どうして……どうして『桃薫伝』が……)

紙には花琳が読んでいた『桃薫伝』、第六帖の一部が書いてあった。しかも何度か書き直してあり、書きかけというか、書き損じといったふうのもの。

(どういうことなの)

そのときだ。鳥籠の扉を開けようとした湖華妃が鳥籠に指をひっかけてしまい、うっかり鳥籠を落としてしまう。

「あっ！」

そのとき大きく開いた扉から、金糸雀が逃げてしまった。

「大丈夫ですか。お怪我は」

「平気です。けれど……」

小鳥が逃げてしまった、と湖華妃が悲しげに言う。とはいえ、羽を切っているから、遠くへは飛べないはずだ。

「私探してきます！」

花琳は金糸雀を探しに逃げていった方向へ駆けだした。

耳のいい花琳だ。鳥の鳴き声がしていたら聞こえるはず。思ったとおり、小鳥の鳴き声が庭の中から聞こえてきた。

鳴き声を頼りに花琳は庭の奥へと進んでいく。

金糸雀はおとなしく、木の枝に止まってその可愛らしい声を聞かせていた。

「そこにいたのね。……じっとしてて……そう、そうよ」

木の枝に止まっている金糸雀を、手を伸ばして捕まえる。

無事に金糸雀を捕獲して、戻ろうとしたときだった。

随分と庭の奥までやってきたことは自覚していたが——そこに植えられていた植物の数々を見て、見たこともない花がたくさんあることに気づく。

小さな立葵《たちあおい》のような花や実をつけているものまで。

思わず手を伸ばそうとしたときだ。

「触れてはなりません」

声がして振り向くと、湖華妃付きの侍女である紫蘭がそこに立っていた。

「あ……ごめんなさい」

「そちらの花は、湖華妃様がことのほか大事にされているものです。何人たりとも触れることはできません」

冷たく言い放つ。きれいな顔だけに、口調の冷たさが際立つ。

「知らなかったの。ごめんなさい」

謝ったが、彼女は冷たい視線を向け、そのままふい、と立ち去ってしまった。

(う……わ、感じ悪い……)

もちろん花琳が悪いのだが、それにしてもこの態度はないだろう。

せっかくの茶会が台無しになった、と花琳は金糸雀を湖華妃に返し、玻璃宮を後にした。


「――ってことがあったの」

花琳は戻るなり、白慧に茶会の顚末《てんまつ》を話して聞かせる。

「別にお花を取ろうとしたわけじゃないのよ。よく見たかっただけなのに」

「それでも、やはり湖華妃様の大事にしておられるお花なのですから、花琳様は叱られても仕方がありませんね」

「そうね。わかっているけど……」

しゅん、としょげる花琳に白慧は「それにしても湖華妃様はそんなに植物がお好きだったとは」と感じ入ったように呟いた。

そのとき側にいた風狼がワン、と一声吠えた。その声で白慧が花琳の裙になにかがついているのを見つける。どうやら花がついていると風狼は教えてくれたようだった。

「花琳様、この花は」

裙に釣り鐘の形をした小さな花が一輪ついていた。

「え？　ああ、これは……そう、そのときのお花よ。きっと、金糸雀を追いかけているときについたのね。ね、可愛いお花でしょ？」

「そうですね」

「ねえ、これを水に浮かべておいたら、少しはきれいなままで見ていられるわね」

花琳はそう言って、器に水を張り、その中に花を浮かべる。

ゆらゆらと紅色の花が浮かんでいるのを花琳は見つめた。

花を見つめながら、花琳は懐から一枚の紙を取り出す。湖華妃のところで拾った紙だ。

（湖華妃様も『桃薫伝』を読んでいたということ……？　ううん、違う。もしかして『桃薫伝』の作者が湖華妃様なのかしら……）

だとしたら目の前に自分の大好きな物語を生み出した作者がいたということだ。

（やだ……どうしよう……これは夢なの……？　幻なの……？　一推し物語の作者直筆かもしれない書き損じってことなの……？　って、すごく貴重なものを私持ってきたのでは。いや盗んできたって言わない。お返ししなくちゃいけないの……？　でもこれはほら、ゴミのようなものだし……で、でも、やっぱり黙って持ってきたらいけないわよね……だけど、湖華妃様が『桃薫伝』の作者なら、返したくないいいいいい)

返したほうがいいのか黙って持ってきたことを正直に告げるべきかと非常に悩む。

しかし。

(とりあえず……心を落ち着けるために……まずは『山楂樹夢』を読んでからにしようかな……うん、それから考えようっと)

と、言いながら、花琳は『山楂樹夢』を手に取った。

＊＊＊

玻璃宮の茶会に呼ばれたその夜、花琳の部屋からしきりにワンワンと悲痛に吠える声と、花琳の叫び声が聞こえた。

「花琳様……！」

隣室で控えていた白慧がすぐさま飛び込む。

「白慧……痛い……、痛いの……足……足が熱くて」

花琳が寝台の上で苦しんでいた。その横にもぞもぞと蠢《うごめ》いているなにかがいる。

「――――ッ!」

サソリだ。

それも一匹ではなく、何匹も。そのうち一匹は風狼が仕留めたようだが、さすがにすべては仕留めきれず、その一匹に花琳は刺されたらしい。

白慧はすぐさま寝台の上のサソリを、懐の小刀で仕留め、死骸を寝台から取り払う。

(なんということだ……! サソリの手当てなど……どうしたら)

氷にはサソリなどいない。白慧も生きているサソリを見るのははじめてだ。手当ての方法もろくに知らないが、まずは毒を吸い出さなければならない。

「花琳様、失礼いたします。しばし我慢してくださいませ」

サソリに刺された足首は、赤く腫れていた。時間が経てばこの毒は全身に回る。その前に少しでも毒を取り除く必要があった。

白慧はまずは血が巡らないように花琳の足首を紐《ひも》で縛る。そうして刺された箇所に小刀で傷をつけ、花琳の足に口を寄せ、じゅっと血を啜《すす》った。吸った血は飲み込まぬように吐き出しては吸い、を繰り返す。患部の血を絞り出すように腫れた足を圧迫していたため、花琳は痛みに悲鳴を上げていた。

「花琳様、申し訳ありません。しばし我慢なさってください」

白慧はこれ以上の手当てができないことに、煩悶《はんもん》する。ふと、文選の言葉を思い出した。

——困ったことがございましたらいつでもお申しつけください。私を呼び出してくださってよいですから。

確か煌月はこのような事態の対処に長けていたはずだ。が、自分たちと接しているときはともかく、気軽に直接呼び出すわけにはいかない。文選に繋ぎをとってもらえば、なんとかしてくれるだろうか。

あの変わり者の王様は非常に薬に詳しい。以前花琳を手当てしたときも実にてきぱきと手慣れた手技を見せていた。

「誰か、文選様に使いを……!」

白慧は声を上げた。


「——これでひとまずは大丈夫でしょう」

更けた夜の闇に乗じて、煌月がひっそりと花琳の手当てのために永寿殿へと訪れていた。

花琳の寝台の側には白慧と煌月、そして部屋の扉のところに文選が立っている。人払いをしたため、他の者はいない。

文選に使いを出した際、花琳がサソリに刺された旨を伝えたのだが、聡い彼はすぐさま煌月を連れ出し、永寿殿へと向かったのである。

煌月は宮中の者の目を誤魔化すため医官の姿となってやってきたのだが、これがなかなか堂に入っている。随分と手慣れたものであった。

花琳は腫れた足を痛がっていた。痛みのせいでひどく苦しそうにしている。

煌月は花琳の足に、糊《のり》状のものを塗り、布で覆う。少し乾いてくると、また同じように糊を足に塗った。

その間、なにやら薬を煎じ、それを花琳の口からひと匙《さじ》、ひと匙飲ませる。

器の中の煎じ薬をすべて飲ませたところで、煌月が一通りの手当てを終えたと言った。

「白慧殿が、あらかた毒を吸い出してくださったので、大事には至らないでしょう。咄嗟《とっさ》の判断でここまでしてくださったのはさすがとしか」

「ありがとうございました。こんな夜更けにお呼び立てして申し訳ありません」

「いいのですよ。むしろ呼んでくださってよかった。この宮殿内で花琳様に害をなされたとあれば、当方の落ち度と言われても仕方がありません。こちらこそ警戒を怠ったようで申し訳ありませんでした」

白慧は首を横に振った。これはたぶん花琳の非が招いた結果である。単なる勘にしか過ぎず根拠はないが、白慧は頭の中に一人の女の顔を思い浮かべた。

「ところで煌月様、それはどのような薬なのでしょう」

一頻《ひとしき》り、煌月の手当ての仕方を見た白慧は訊ねた。今後、国に戻ったときに、医官にも治療法を授けたい。もし今後戦などがあった場合、このようなことはまた起こりかねないのである。そのためにも知っておきたかった。

「ああ、これですか」

煌月は彼自身が持ってきた薬簞笥《くすりだんす》へ視線をやりながらそう言った。

「――豚脂を熱してできた油に、蜜蠟《みつろう》を溶かし、冷やして練ったものに附子などの生薬を入れてさらに練り上げたものです。附子はサソリの毒と拮抗《きっこう》すると言われていましてね。本来、同時に与えたほうがいいのですが……これでも大丈夫でしょう。煎じ薬の中にも附子を入れて飲ませましたし、他に解毒作用のある牛黄《ごおう》も入っています。根気がいりますが、白湯と煎じ薬を交互に飲ませて、身体の中の毒を取り除いていきましょう。後ほど、煎じ薬の処方をお渡ししますので、よかったらお役立てください」

「恐れ入ります。本当に、煌月様にいらしていただいて安堵いたしました」

「それにしてもサソリとは……」

煌月は眉を寄せる。サソリは笙でも南にしかいない。ましてや北西側に位置する哥《か》においては目にする機会はなかった。

誰かが意図的に花琳の部屋に入れたとしか考えられない。煌月もそう考えているはずだ。

ふいに煌月が卓子の上に置いてある器を目にして「これは？」と訊ねた。

その器は花を浮かべてあったものだ。

「本日花琳様が玻璃宮の茶会に呼ばれまして……」

白慧が今日花琳の身の上にあったことを煌月に話して聞かせる。それを聞いて、煌月は複雑な表情を浮かべた。

「玻璃宮で咎《とが》められて、すぐさま花琳様が危険な目に遭うなど……」

思わず白慧はそう口にした。

「花琳様はもしかしたらこれを目にしたためにお命を狙われたのかもしれません」

煌月が器の中の花を見て言う。

「これが……ですか？」

「ええ。この花――これはおそらく先日宴の際に私の椀に入れられた実芰答利斯という毒草です。まさかこれが玻璃宮にあったとは」

白慧も、そして側にいた文選も煌月のこの言葉には驚いて二の句が継げなかった。

「煌月様……いらっしゃいますか……！」

寝台の上から花琳が呼ぶ。

「おりますよ。どうかなさいましたか」

花琳の元に煌月が向かう。すると花琳はまだ苦しそうな顔をしながら、白慧を呼びつけた。

「白慧、卓子の上にあるその本……煌月様にお渡しして……」

卓子の上にあるのは、花琳の愛読書『桃薫伝』とそして『山楂樹夢』である。

「花琳様、今このようなものをお渡ししなくても」

呆れ顔で窘《たしな》める白慧に花琳はぶんぶんと首を横に振る。

「違うの……！　その本……それは……もしかしたら……湖華妃様が書かれた本かもしれないの」

それを聞いて、煌月と白慧は顔を見合わせた。

今日、花琳は『山楂樹夢』を読んでいた。読み進めると、湖華妃ととても重なる。幼なじみの思い人がいたのに引き裂かれて政略結婚で嫁いできたこと。幼なじみとの恋を描きながら、最後は引き裂かれ、そして相手は皇帝によって死に至らしめられたこと。また皇帝とのはじめての子は男子だったが、病で亡くなり、正妃の子が東宮になったこと……。

「──それからこれも」

花琳はそう言って湖華妃のところで拾った紙切れを手渡した。

「書き損じなのだけど……それは『桃薫伝』の一部なの。だから……」

たぶん湖華妃がこれらの作品を書いていた、と花琳は口にした。

それを聞いた煌月は珍しく茫然と立ち尽くしている。

「……なるほど……思いのほか私は湖華妃に恨まれていたらしいということですね」

毒を煌月に盛り続けていたのもなにもかも湖華妃の差し金ということだったようだ。

そしてまた花琳の推測が正しければ、先王と后妃を暗殺したのもまた。

おそらく煌月自身も動揺しているのだろうが、その動揺を見せないように淡々とそう告げる。

煌月を暗殺せしめようとしていたのが湖華妃だったということは少なからず誰にも衝撃を与えたはずだ。

「――警備の人数をこちらに多く割いておきましょう。……文選、そのように」

「かしこまりました」

手当てを終えた煌月は来たときと同じように文選とまた闇に紛れて姿を消した。

＊＊＊

そのような最中。

喬の王太子の死は件の奇病によるものとされていたのだが、宮廷側ではそれを一切否定し、西風邪《かぜ》と呼ばれる悪質な風邪によるものとして周辺諸国には正式に布令を出したのだった。

そして――。

その奇妙な病については、いよいよ笙でも無関係と言えなくなってきた。

この哥の都でもその噂が人の口に上りはじめたのである。

突然、夜中に踊り出す者、四肢が壊死する者。流行病ではない。というのも、同じ集落にいても罹患《りかん》する者しない者がいる。触れ合うほどに近いところにいても、発症するわけではないのだ。そのようななにが原因かはわからない、謎の病の患者が出はじめた。

「だから抜け出すなら、あらかじめ言っておけと」

宮中を抜け出そうとする煌月の前に、虞淵が仁王立ちで立ち塞がる。

呆れた声音の男に「どうせおまえが文選に言ってあるのだろう」といけしゃあしゃあと煌月は答えた。

「まあ、そりゃあそうなんだが。――で、行くのか？」

「百聞は一見にしかず、って言うだろうよ。伝聞では理解できないことのほうがほとんどだ。実際この目で見たほうが早いし理解が進む。……一緒に来たいのか」

「着いてきて欲しいんだろ？　湖華妃に命を狙われていたって意気消沈してると思ってな。

だからさっさと宿下がりさせちまえばよかったんだ」

虞淵も湖華妃の件については憤りを見せているようだった。

「それは……あの方は少なくとも……昔は私を可愛がってくださっていた。私が父に似ていると、よくおっしゃっていた」

「命を狙う隙を見計らっていたのかもしれないぞ。女はわからんからな」

「そうかもしれないが……」

「もともと湖華妃には許嫁《いいなずけ》がいて婚儀が決まっていたところを、元遼王《げんりよう》に見初められて後宮入りしたんだろうが」

「――そう聞いている。ただ、葉紅《ようこう》様がお生まれになってからは、とても溺愛されていたし、先王が亡くなった際に宿下がりをほのめかしたときも首を横に振ったのだ」

「……で、湖華妃をどうする？」

「湖華妃についての処遇はいますぐでなくてもいい。それより先にやるべきことがあるからな」

「ま、そうだな。これで当分はおとなしくしているかもしれん」

にやりと虞淵が笑うと、「ああ」と煌月は吐き出すように呟く。

「それにしてもまさかこの筌でも喬の奇病がなあ……」

「流行病、というわけではないということだったが、それにしては広まり方が広範囲なのが気にかかる。とはいえ、流行病と仮定しても限局的といおうか……かなり動きが鈍い」

喬の王太子が亡くなってから、十日が経とうとしている。

その間、確かに喬でも罹患者は増えたものの、爆発的ではなかった。だが、発症者がじわじわと増加しつつある現状に人々は怯え暮らしており、世情は不安定極まりなかった。

そのような状態であるときに、笙でも罹患者と思しき発症者が出現したことは、煌月にとってても不安を覚える。とても黙って玉座でふんぞり返っているわけにはいかないと、調査に向かうことにしたのだった。

「煌月、おぬしはなにやら調べていただろう？　あの山ほどの書物の中にもなにも手がかりはなかったのか？」

手がかりの有無について煌月は答えなかった。

煌月自身、手元の書物を読み返し、該当するような記載があるかどうか調べ尽くした。書物というのは先人の知恵ではあるが、事細かに記されているものもあれば、ざっくりとしか記載されていないものもある。裏付けがあったりなかったり、不確かなものも多い。

謎を紐解くには、まだまだ情報が足りない。

「とにかく実際のところをこの目で見なければ」

行くぞ、と煌月は虞淵を急《せ》かした。

街中に出ると、赤ん坊を背負った飴売りの女が通り過ぎた。

「飴〜、おいしい飴だよ〜。甘くておいしい飴〜」

飴売りの女の服装は笙のものではない。北の地方のものだ。

近頃、笙に流れ込んでくる難民の数が増えていた。笙は国柄、貧富の差はあれど、働く場所もあり、食べるだけならさほど困らない。

だが北の国、繹に接する小さな国々は繹の侵攻によって、国を奪われ、貧困に喘《あえ》いでいると聞く。

繹という国は、侵略すると、根こそぎすべてを奪っていく。金も土地も人も。わずかな食料で奴隷のように労働を強い、そこで得たものは、労働者に還元せずすべて繹のものとしているのだという。逆らう者には手ひどい罰が待っているとも。

そのため、祖国を捨てて逃げ出す者が増えているのだと聞いた。逃げ出した者が笙に流れ込んでいるらしい。ここでは様々な国の文化が混じり合っているため、難民も目立つことはないし、他の国々に比べたらまだ仕事もあるだろう。

赤ん坊を背負いながら、ここまでやってくるのは大変な苦労だったのに違いない。

一歩間違えば、この笙もそのような目に遭っていたのだ、と煌月は飴売りの女に胸を痛めていた。

「ところで虞淵、おまえのほうではなにか変わったことがあったか？」

煌月は虞淵に訊ねた。

喬の様子がおかしいと報告を受けてから、数日経っている。その後の動きはどうなったのか。

「ひとまず国境は問題ないようだ。繹にも特段変わった動きはない。喬への侵攻の後はいったん落ち着いている。――あとは、武学院もいつもどおりだな。喬からの留学生が数名いるが、おかしなことはない」

笙の武学院は広く門戸を開いている。そのため、周辺諸国からも留学生を受け入れており、喬からもやってきている者がいる。

国元になにか異変があれば、真っ先に反応するのは留学生だろう。その留学生におかしなことは起こっていないというのなら、大きな出来事はないと考えてよかった。

「そうか。文選も密偵を喬に送っているというし……その報告を待ってということになるか。ともあれ、まだ情報が足りないな」

「嫌な感じだな」

「ああ。くれぐれもご老人方の耳には入らないように、細心の注意を払わないと。高官だからと権力を笠《かさ》に着てふんぞり返っているだけの能なしにとやかく言われたくないからな

「人をなんだと思ってるんだ。まあ、ヘマはしないように気をつけておくが」

――特に虞淵、おまえはときどき抜けているから、気をつけろ」


その前に腹ごしらえ、ということで、いつも立ち寄る酒場で食事をとることにした。

「ご主人、饅頭とエビの炒めを」

「やっぱりここのエビの炒めを食べないとなあ」

などと言って、注文したが主人が申し訳なさそうな顔をして「すみません」と謝った。

「すみませんねえ。饅頭を出せなくなっちまったんですよ」

「え？　どうして」

「それが……最近、やたらと小麦の値が上がっちまいまして」

「前にも値上がりしたと言っていたが、そのときより、ってことか？」

「そうなんですよ。虎月先生がいらしたときは、まあ、まだ我慢もできたんですけどね、今はとてもとても手が出ません。小麦だけでなく、米も値上がりしていて……この界隈では大幅な値上げをするか、饅頭なんかの類をやめるしかないんですよ。とにかく仕入れようにも物はないわ、高いわで……」

「そうだったのか。そりゃあ難儀だな。饅頭が食えないとなると……仕方がない。他のおすすめはなんだ?」

「アヒルの丸焼きと卵の燻製《くんせい》がありますよ。今日のアヒルは太っていて旨いですよ」

「じゃあ、それをくれ」

注文を取り終えた主人は奥へ引っ込む。

「値上がりというのは聞き捨てならないな」

「行の価格操作に関わった役人は皆処分したのだろう?」

「そのはずだ。だがそういう人間は結局、次から次へと湧いて出てくる。人間に欲がある限り、ずっとつきまとっていくのだろうね」

言いながら、二人で酒を飲む。

饅頭にはありつけなかったが、アヒルの丸焼きは主人の言うとおり太っていて、とても旨く、また卵の燻製で舌鼓を打つ。エビの炒めは相変わらずの旨さで、二人は満足しながら食事をする。

虞淵と二人で肉にかぶりついていたときだ。

「……じゃあ、そこに行けば小麦が買えるってわけか」

近くの席の男たちがこそこそと内緒話をしているのが聞こえてきた。

二人で耳をそばだて、男たちの会話をじっと聞く。

「しっ、声がでけえよ。あんまり聞かれたくねえ話だからな。……ああ、そうだ。市場の問屋よりずっと安く買えるんだとさ」

周囲を窺いながら男たちは声を潜めている。

「へえ……そりゃあ助かる」

「だろ？　あんなに馬鹿高いとみんな飢え死にしちまう。くそ、なんだってあんなに高いんだ」

その後の男たちの話は愚痴に終始し、それ以上の情報は得られなかったが、どうやら正規の経路を通さず、ヤミで穀物を売買しているということだけはうっすらと理解した。

男たちは飲んで酔い潰れてしまった。あれでは今日はそのヤミ取引しているような場所へは行けないだろう。

「……出るか」

虞淵が勘定をすませ、外へ出る。

「ヤミ取引か」

「そのようだな。あの男の言い草だと、ここらを回っていたらどっかで引っかかりそうだな」

煌月は頷いた。

とりあえず、市場の穀物の価格を調べて回った。

酒場の主人の言うとおり、市中の穀物の値段がかなり高くなっている。先月まではそうではなかった。じりじりと値上がりをしているのはわかっていたが、急激な変化ではなかったためさして気にも留めていなかったが、明らかに違う。

米だけでなく、小麦から大麦まで、ひと月でこれほど値上がりするのかというほどだった。筌の穀物の自給率はそう悪くない。なのに、これほどの高騰とは。

昨年は飢饉《ききん》という話は聞いていなかった。作付けに関しても収穫に関しても例年どおりだ。

だが——。

喬でそういえば同じように穀物の高騰があったと聞いた。

ただ丞相の采配でうまく難を逃れたと聞いたが、せっかく持ち直したというのに今度は王太子が亡くなるという不幸に見舞われている。つくづく、運のないことだ。

「やはり高いな。例年の三倍ほどになっているのではないか」

「物によっては五倍近いな……知らなかったとはいえ、これはひどい」

見て回ると、屋台や酒場も饅頭やそばのようなものは軒並みかなり値上がりしていた。

これではなかなか手が出ない。

「これは……」

煌月は脱穀する前の麦を手に取り、じっと見つめる。匂いを嗅いだり、指で潰してみたり、長い時間観察を続けていた。

「どうかしたのか」

「……………帰るぞ」

煌月はいきなり立ち上がると、すぐさま踵《きびす》を返す。

「お、おい。待て」

虞淵は打って変わって機敏な動きを見せる煌月をしばし呆気に取られたようにぽかんと見つめていたが、彼が虞淵のことなど忘れてしまったかのように先を急ぐものだから、慌てて後を追った。

「どうかしたのか」

「戻って調べたいことがある」

いつもはのらりくらりと宮中へ戻ることを引き延ばすくせに、今日に限って急ぎ足になっていた。珍しいこともあるものだ、と思いつつ、虞淵は煌月に足並みを揃えた。

「調べたいこと？　あの麦になにかあるのか」

聞くと、煌月は難しい顔をする。

「まだ確証はないが、私の推測どおりなら、厄介なことになる」

「厄介なこと？」

「ああ。それゆえ急がなければならぬ」

真剣な顔の煌月に虞淵は茶化すこともなく、わかった、と返事をした。

煌月の様子から麦になにか秘密があるのは明白だった。しかし虞淵には煌月が観察をしていた麦がどんな麦かはわからない。自分の知る麦となにか違うものなのだろうか。

ともかく煌月がこのような状態になっては、おそらく誰の言葉も耳に届かなくなっているはずだ。

彼の集中力ときたら、生半可なものではない。医術を学びはじめた当時の煌月は、放っておいたところ一週間近くも部屋に籠もり続けて、書物を読んでいた。虞淵はその頃を思い出す。

案の定、煌月は宮中へ戻るなり部屋に籠もり、書物を広げて一心不乱に読み込みはじめた。

煌月が部屋に籠もって三日目。

「文選と虞淵を」

ようやく二人を呼び寄せた。

笙においても、巷で件の病による被害が増えているとの報告が一気に上がりはじめ、宮中でもただならない雰囲気が立ちこめていた。ことに官吏の内儀に流産した者がおり、それはひどく官僚たちの気持ちを乱していた。子の誕生は家にとって非常に大事なことである。残念ながら子を失った官吏は、初めての子でもあり、待ち望んでいた出産だっただけに、失意にまみれてしまっていた。

まことしやかに「これは呪いだ」とか「先王の怨霊が」とかそういった噂も流れ出し、
国内も不穏な空気に包まれている。

「――で、なにかわかったのか」

虞淵が食事の膳を手にして煌月にまみえる。

「おお！　饅頭か」

煌月の目が皿の上の饅頭を捉えた。

「どうせ、今までなにも食ってないんだろうが。ほら」

虞淵が呆れたように言うと、ほぼ飲まず食わずで三日ほども過ごしていた煌月は、まず
は饅頭を奪い取るように手にし、それをひと息に口の中に押し込めた。

「う、……うっ、ううっ」

が、すぐさま食べたものを喉に詰まらせてしまう。

「あー……。慌てて食うからだ。少しは落ち着け」

慌てて食べたせいだと文選に茶を飲ませてもらい、虞淵に背中を叩かれ、ようやく呼吸
を整えた。

「すまない。……あまりに久しぶりの食事だったもので」

「まったくおぬしときたら。饅頭はもっと味わって食え。市井の人々は高くて食えないのだぞ。おまえだけ贅沢にも食べられているのだ。ありがたいと思え」

虞淵の説教に、珍しく煌月はしゅんとした表情を見せた。自分でも後ろめたいことをした自覚はあるらしい。巷では高価な饅頭を喉に詰まらせるとは言語道断。一応はそれをわかっているので、虞淵の言葉をおとなしく聞いていた。

あとはもぐもぐと口を動かして食べきり、饅頭をひとつとお茶をお代わりして、煌月もいくらかは落ち着いたようだった。

「それで？　呼びつけたからにはなにかわかったのだろうな」

「ああ。――おそらく、これだ」

そう言って煌月が二人の前に一冊の書物を差し出した。

「ここに……麦の穂に黒色の爪持つものあり。これ、食するに手足を燃やすものなり。炙《あぶ》してもなお、この効失せず――ここのところだな。要するに、麦の穂で黒い爪状の実ができることがある。これを食べると、手足を燃やす……熱く燃えるような痛みの後、手足に血が行き渡らなくなって、黒く腐り落ちてしまう。酒に浸したり炙ったりして修治しても毒性は失われない……ということが書かれている。ああ、またここにも――幻覚を見ているうちに死んでしまう、とある」

煌月の指さした箇所を読み込む。

その記述は確かに世間を騒がせている奇病と同様の現象が記載されていた。

「麦……そういえば、おぬし、脱穀前の麦をじろじろと見ていたな」

煌月は頷く。

「あの中に、黒い粒が混じっていた。……調べると、どうやらあの黒い粒は小麦だけでなく、大麦や米……もとは西方からの黒麦に多く発生する麦の病の一種らしい。ただ、黒麦と近くで栽培する他の麦にも発生するから、徐々に病が移っていったのだろうな。その麦を使ったものを食べると、奇病に罹《かか》る、そういうことだ」

「ではあの麦が原因ということか」

「おそらくな」

煌月はそう言って深く溜息をついた。

「──奇妙なのは、穀物の高騰とあの黒い麦が同時期に発生したということだ。ほぼ同時期、そして行が成立しだしたこと、また役人への収賄。それらがすべて関連づけられている。すなわち──」

「仕組まれたと言いたいのか」

文選が口を開いた。

煌月が頷く。

「そう考えるのが妥当だろう。これら一連のことがすべて仕組まれた上でのことであると仮定するなら、さらに……」

「──喬の王太子の死も」

文選が口にした一言に、皆顔を上げ、はっとした表情を見せた。

「うむ。喬もはじめは麦の流通不足から、高騰がはじまり、その後病が発生した。麦の高騰でまず一番はじめに打撃を受けるのは、貧しい者たちだ。麦を買う金がない。そこに安価で手に入るヤミ麦の存在があったならすぐにでも飛びつくだろう」

「一番はじめは妓楼と言っていたな」

「そうだ。それも評判のよくない妓楼だった。ケチな主の妓楼ならば、ヤミ取引のいいカモだったに違いない。しかも都合のいいことに亡くなったのが妓女で、まさかそういう胡散臭い麦を食べさせられているとは微塵《みじん》も疑わなかっただろう。……なにかがあったとしても妓楼だけのことだ。誰も近寄ろうとはしないさ」

「呪いだの怨霊だのと思い込んでいればなおのこと、原因が麦だなんて思いやしねえ」

「そのうちに徐々にまともな麦が駆逐されて、品薄になって……高騰は当たり前の上、出回っている麦に病の元の黒粒が入っているような品質のあやしいものも気にせず食べてしまう……」

「宮中にまでその麦が入り込んでしまう可能性は大いにある」

計算され尽くした陰謀ではないか、と三人は思案を巡らせた。

「……っ、仕掛けたのはどこだ」

たまりかねたように虞淵が憤りを露《あら》わにする。

喬の朱王太子の死に合わせたように侵攻してきた繹。だとすれば……と、裏で糸を引いている存在がどこか自《おの》ずとわかってくる。

幸い、まだ笙では喬ほどの被害は起こっていない。だが、手を打つにせよ鈍重な施策であれば、被害を食い止めることはできない。これ以上不幸な人々を増やさないためにも、迅速さが必要であろう。

「犯人捜しは後だ。ともかく、黒粒の麦をどうにか排除しなくてはならない」

煌月がギリ、と歯噛みした。

——民のためにあれ。

父王は煌月にいつもそう言い聞かせていた。

そして煌月は父王に誓いを立てていた。——必ずや、民のために。

「文選、まずは周辺諸国から麦をかき集めろ。まだこの病の起こっていない国の麦だ。金はいくらでも出して構わない。行の制度についても、規制をかけろ。行に取引をさせるな。多少手荒い真似になるが仕方あるまい。そしてヤミ取引の元締めを洗い出せ。人が足りぬのなら、虞淵の部下を使うなりしてとにかく迅速に」

時間が勝負だ、と煌月は二人に命じた。

「花琳様、少しはおとなしくなさいませ。またサソリに刺されたいんですか」

白慧が呆れて言うほど、花琳は容態が回復すると、宮中を歩き回っていた。

「大丈夫よ。風狼がいるもの」

「そういう問題ではありません」

「いやよ。だって悔しいじゃない。それにさっきちょっと気になることを聞いたの」

「気になるとは」

「だからね、あの紫蘭って女官のもとによく商人が訪れている、って話をね」

「商人ですか」

「それもはじめは簪や櫛だけを商っていたのに、最近は随分と幅を利かせているんですって。気にならない？」

「それは……」

「湖華妃様が煌月様の命を狙っているのでしょう？　その湖華妃様の侍女と繋がっている商人なのよ？　なにか妙なものを持ってきているかもしれないじゃない。物語にだって、そういう密偵みたいなことをするのは商人って相場が決まっているの」

さすがにそれを聞いて白慧も花琳になにも言えなくなった。

なんでも物語を引き合いに出すのはやめて、と言おうと思ったが、花琳が物語を読んでいたからこそ、様々なことの解決への糸口を摑みかけているのは確かである。ことに煌月は花琳のおかげだと毎日のように、見舞いの品をよこしていた。

仕方がないというように白慧は大きく息をつく。

「文選様にお伝えしましょう」

白慧がそう言うと花琳が「まだあるのよ」とにっこり笑う。

「今度はなんですか」

「その商人、今日も紫蘭のところにやってきているんですって」

「文選様」

そっと白慧が文選に小声で呼びかけた。白慧のほうへ顔を振り向けようとすると「そのままで」と制され、言われるままにする。

文選は白慧と花琳に呼び出され、事の次第を聞くとまずは後宮の検問所へ向かった。

官吏によると出入りしている商人は数多くいるが、その男は最近よく出入りしているのだと言った。

つい今し方までその商人が訪れていたといい、すでにここを出ていったという。文選は白慧と花琳と慌ててその商人を追いかけた。そうして宮廷の東門を出たところでそれらしい姿を見つける。三人は商人に悟られないよう物陰に隠れる。

「そのまま、視線だけを右側へ」

ごく抑えた声で慎重に白慧が言う。

「そちらの角をご覧ください。玻璃宮の紫蘭でございます」

紫蘭、と聞いて文選は注意深く視線を向ける。文選は紫蘭を確認すると小さく頷いた。

宮女は本来後宮からは出られない。だが紫蘭は後宮どころか宮廷すら出てそこにいた。灰茶色の領布を頭からかぶり、衣服も極めて地味な色のものをまとってはいるものの、あの美貌は隠しきれない。

彼女は商人と思しき男となにやら話し込んでいるようだが、その商人は明らかに笙の人間ではなかった。

団子鼻と太い眉、そしてえらが張った顔立ちは、繹の人間の特徴である。男は商人のように装ってはいたものの、どこか雰囲気が違う。というのも、目つきが鋭く隙がない。背筋はピンとしていたし、常にあたりをきょろきょろと窺っているような様子を見せていた。

武官だ、と文選も白慧も直感で判断する。十中八九あの商人風情は武官であると思われたが、あの男と紫蘭とはどういった間柄なのか。

男と紫蘭は随分と親密そうに、そして込み入った話をしているようで、文選たちにはまるで気づいていないようだった。しかしこちらとしても気づかれるわけにはいかない。

姿を見られる前に立ち去ろうとすると花琳が「少し待って」と言う。

「花琳様？」

白慧が声をかけると、花琳は「しっ」と口元に指を当てて黙っていて、と合図をする。

どうやら花琳は彼らの話が聞こえるらしい。

「……麦？　麦を尚食部《しょうしょくぶ》にどうの、って言っているわ」

花琳が言うと、文選が大きく瞬《まばた》きをした。

麦、という言葉を煌月と虞淵から聞いたばかりだった。そしてその麦のためについ数刻前まで奔走していたのだった。


文選は自分はあの商人を追うと言った。

「白慧殿、頼みがあります。煌月様にこのことをお知らせいただきたい」

文選の意図するところがわかった白慧はすぐさま頷く。

「花琳様はなにかあってはいけませんので、永寿殿にてお待ちください。いいですね」

白慧にそう言われた花琳は不服そうにしていたが、足手まといになるのは自覚しているのだろう。わかったわ、とおとなしく引き下がった。

そうして白慧は煌月のもとを訪れる。

だが煌月は御花園にいるとのことで、そちらへ向かうことになった。

「煌月様、お話がございます」

すでに日は暮れており、行灯の明かりがぼんやりと見える中、込み入った話だからと、煌月はごく数人の侍者だけを残して白慧から話を聞いた。

「なるほど、ではその商人と紫蘭が麦と言ったのですね」

「はい。花琳様が尚食部が……という言葉を聞きつけました」

「ありがとうございます。花琳様にもくれぐれも礼を」

はい、と白慧が煌月の元から下がろうと、足を一歩ずらした。まさにそのときだ。

「――陛下……ッ！」

白慧が体勢を変え、俊敏な動きで煌月の視界を遮ったかと思うと、横からそのまま煌月を身体ごと地面へ突き倒した。そして突き倒されたのとほぼ同時に側に控えていた侍者が叫び声を上げる。

「うわぁっ」

何事があったのか。

煌月はまだ地面に伏せており、また白慧が煌月の身体の上に覆いかぶさっていて、なにも見えない。だが、侍者の叫び声からただならぬことがあったのだけは理解した。

「陛下っ！」

あたりが騒然とする。誰か人を、という声も聞こえた。

「――暗器か」

煌月が訊ねると、はい、というくぐもった声で白慧の返答があった。どうやらこの闇に乗じて、煌月を暗殺しようとする者がいたらしい。おそらく、吹き矢か小刀か。毒が塗られている可能性が高い。

あの侍者の悲鳴。あれは、煌月が咄嗟に白慧に地面に転がされたため、煌月には当たらず側にいた侍者が身代わりになったものか。

「陛下、ご無事ですか」

さすがに椅子ごと転がされたため、身体に痛みがあったが、怪我はしていない。

「大事ない。が――」

「そろそろよろしいでしょう」

白慧はあたりを窺いながら、そっと身体を起こし、そして煌月を庇《かば》うようにして手を貸した。

「陛下！」

「誰か、手当てを」

側にいた者たちは、顔色を変えて煌月の元に侍《はべ》る。

「私は大丈夫だ。それより怪我をした者はいないか。毒が塗られている可能性がある」

煌月は周りの者に言い放った。

幸いなことに、暗器の吹き矢は侍者の袍に突き刺さったものの、身体を傷つけることはなかったらしい。誰にもなにもなかったことに安堵した。

先日毒を盛られたばかりでもあるし、すぐさま暗殺が企てられてもおかしくはなかった。一応の備えはしていたものの、警備の隙を突かれたようだ。宮中、それも思っていたよりも近いところに煌月の命を狙う者がいる。一時期はおとなしかったが、近頃特に活発になってきた。より一層の警備が必要だと考えていた矢先のことで、油断していたのは否めない。

ちら、と横目で見ると、白慧は警戒するようにあたりを窺っている。特に暗器が放たれた方向を注視していた。

「白慧殿」

煌月は彼へ声をかける。

「危ないところを助けていただき、感謝いたします。ひとつ間違えていたらあなたの命も奪いかねなかった。なんとお礼を申し上げてよいか」

「いえ、煌月様には花琳様をお救いいただいたご恩もあります。いくらかはご恩返しができてようございました」

「おかげで皆無事でした。花琳様はよい家臣をお持ちだ」

白慧は唇の端だけを少し動かし、小さく頷く。

「お褒めに預かり光栄です。花琳様も第三公主とはいえ、やはりお命を狙う輩もいないとは限りませんゆえ」

道中、花琳が無事であったのは白慧の力によるところが大きいだろう。煌月たちが助けたあのときが番狂わせだったのだ。

「煌月様……！」

騒ぎを聞きつけて、文選がやってきた。

「ああ、文選。大事ない。白慧殿に助けられたのだ」

「そうでしたか……！　白慧殿、我が主をお守りくださいまして感謝申し上げます。それはともかく、白慧殿はご無事でしたか」

「お気遣い痛み入ります。傷ひとつございません。それより——ひとつ気になることが」

白慧が視線を文選から外し、目を眇《すが》めて別のところを見た。文選と煌月は白慧の視線の行方を追う。

それは暗器が飛んできた方向だった。

「なんでしょうか。あちらになにか——」

白慧はちらちらとあたりを窺いつつ、ええ、と潜めた声で答えた。

「一瞬ではありましたが、女官の姿が」

「女官？」

白慧は夜目が利く。夜でも人よりものがよく見えるのだと言った。

「吹き矢が吹かれたのはあちらの梅の木のあたりからかと存じます」

今の時期、梅の花は咲いてはいないが、白慧が指摘したところには梅の老木がある。その木がある場所からここまではそれなりの距離があるが、それを吹き矢で射ることはできるのか。

疑問を呈すると白慧は「不可能ではありません」と事もなげに言う。

「吹き矢の筒を長いものすればよいのです」

「しかし、長い筒を持ち歩けば目立つだろう」

文選が聞くと、白慧は「懐に収まるほどの筒を作ることは可能です。こうして」と器用に懐紙を数枚用いて、伸縮自在の筒の見本を作って見せた。

「なるほど。そういうものを使えばあの距離からでも矢を飛ばすことができるのか」

はい、と白慧は静かに答えた。

白慧、花琳の国元である冰は、武器の生産技術では大陸一である。その冰で鍛錬を続けた彼が言うのだ。信憑性がある。

「そのような筒を作る名人がいるとも耳にしております。なんでも、十尺も飛ばすことができるのだとか。ただ、操るほうもかなりの練達が必要でしょうが」

吹き矢は暗器の中でも、非常に厄介なものである。弓で射るのに比べ、なにしろ音がない。風斬り羽がない分、音が出ないため、より察知しづらい。その上、小刀よりも軽いことから速く飛んでくる。ただ、これまで吹き矢は飛距離が出ないと言われており、近くでなければ命中しないものと思われていた。しかし距離を出せるとなるとその前提が覆る。

「吹き矢であれば女人でも飛ばすことができるな……」

文選が梅の老木を見ながらポツリと呟く。女官の姿を見たという白慧の言葉もある。やはりごく近しいところに刺客は潜んでいるようだった。

第七章 氷《ひょう》の公主と笙の王

塗りが剝《は》げたみすぼらしい門構え。一見、そう大きくはない店舗だが、その入り口をくぐった表向きの店内の奥を進んでいき、中庭に出ると、見事な構えの棟が姿を見せる。

「なんつうか、あの門と店内は偽装かよ」

虞淵《ぐえん》が呆れたように言う。

「そういうことでしょうね」

「胡散《うさん》臭いったらねえな。なんだこの趣味の悪い植え込みは」

渡り廊下の両側に植えられた極彩色の花々が、あたりの兼ね合いを丸っきり無視したように配置してあったり、金箔《きんぱく》をふんだんに使った置物が至るところに並べられていたりと、情緒のかけらもなく、とても美しいとは言い難い。うんざりとしながら奥棟に足を進めた。

「さあ、ここからですからね。私は尚食部の文官である趙《ちょう》、あなたは私の従者の義叡《ぎえい》ですから。忘れないように」

あらかじめ打ち合わせてきたのは、文選《ぶんせん》が宮廷の尚食部で調達を任されている文官の趙、そして虞淵は趙の従者である義叡という設定で、この店の店主である明盛《めいせい》と話をすることだ。

文選は先日紫蘭《しらん》と話をしていた商人の後を追い、ここを突き止めた。おそらくこの店がなにかを知っているはず、そう睨んで乗り込むことにしたのだった。

奥棟の扉の前にいるのはいかつい上に強面の男。ゴッさでは虞淵とそう変わりない。文選は虞淵を連れてきてよかったと、胸を撫で下ろした。

まずはこの男を攻略し、奥向きにいる店主と話をするのが第一段階。

「なに用だ。ここから先に入ることはまかりならん」

高圧的な態度の男に文選は動じることなく、胸元から書状を出した。

「周殿《しゅう》からご紹介いただいた。こちらが紹介状だ」

周という筆でも高名な貴族の名を利用した偽の紹介状だが、贋筆《がんぴつ》を見破られることはないだろう。これは文選の特技でもある。他人の筆跡を真似ることは彼にとって朝飯前なのだ。

(まあ、バレたらそのときのことだ)

嘘をつくには、おどおどしていては逆効果。いかにも本当であるという風体でいることが肝要である。

男はじろじろと紹介状と文選の姿を見比べ「少しここで待て」と言って扉の中へ入って

いった。

「バレてないだろうな」

扉の向こうへ消えた男を見送りながら、虞淵が口にする。

「さあ？　どうでしょうね。しかし大丈夫でしょう。あちらにしてみたらきっとそろそろ、と思っているのではないですか。向こうは自分たちが仕掛けた罠《わな》に獲物がかかったと思っているかもしれませんよ。手ぐすね引いて待っていた獲物がね」

不敵な笑みを浮かべる文選に虞淵が「おー、こわ」と肩を竦める。

罠にかかった振りで、こちらが逆に罠を仕掛けようとしているのだ。やはり文選を敵には回したくないな、と虞淵は実感していた。

さほど待つこともなく、再び目の前の扉が開く。今度はいかつい男ではなく、小太りの男が現れた。

団子鼻と太い眉、そしてえらが張った顔立ちに鋭い目つき。この男は先日紫蘭と立ち話をしていた男だ。

様々な事柄が繋がっていった。虞淵と目配せをする。

「店主の明盛でございます。……どうぞ、こちらへ」

明盛に促され、二人は扉の中へと入っていく。

思っていたとおり、豪奢な設えの店内である。が、やはり趣味はよくない。苦笑いをこらえ、二人は明盛の案内どおり、廊下を歩いた。

「周様のご紹介ということですが、まさか尚食部の文官様がいらっしゃるとは。……このようなところまでおいでいただくほどのご事情があったという理解でよろしいでしょうか」

探るような口ぶりに文選はどう対応すればよいかと、素早く頭を働かせた。あまりに冷静な態度をとっていても、不自然に見えてしまいかねない。兼ね合いを考えつつ、胡散臭い商人相手にするのが不本意だという演技をすることにした。

「……やむを得ずのことだ」

ぶっきらぼうな物言いをし、不遜な態度を滲《にじ》ませる。

どうやら正解だったらしく、明盛は満足そうな表情を浮かべていた。

「そのあたりのご事情はお伺いしませんので、ご安心を。わたくしどもは秘密厳守でございますので。どのような方にお越しいただいても公平に……そしてご満足いただけると存じますよ」

意味ありげな口調に、よけいに食わせ者のにおいを感じる。これは相当警戒してかからなければと二人は気を引き締めた。

「一通り扱っているものを見たいのだが」

「かしこまりました。見本をご用意いたします。ささ、こちらへ」

通された間で、文選は並べられた穀物の見本を眺める。麦や米、またヒエや粟《あわ》の出来など、色合いや手触りを確かめていった。虞淵はその隣で出された茶を啜りながら見守っているだけだ。

一頻り見本を見た後で文選は茶を一口飲み、そして茶杯を置いた。

「ご主人。今手に入る穀類はこれですべてか」

「ええ、趙様。そうでございます」

やけに愛想のいい店主は揉み手で文選扮《ふん》する趙に言う。

「ふむ、これほど品質が劣るのはなぜですか。特に例年に比較しても天候に影響はされていないでしょうし、収穫も悪くないでしょうに。おまけに価格も比べものにならないほど高い。これでは宮中で買い上げるにしても相当厳しいのですが」

「恐縮でございます。それもこれも他国にて、買い上げが多くなっておりまして、流通量が増大しているためでございます」

「他国の買い上げが多い理由は？」

「さあ……一介の商人であるわたくしどもには詳細はわかりかねますが、とにかく笙《しょう》へ入ってくるものが少ないのでございますよ」

のらりくらりと当たり障りない受け答えをする。

「しかしこれでは……財政も昨今は厳しいのでな。品質については妥協できるところもあろうが、それにしても……もう少し安く調達はできないものか」

文選がぐい、と身を乗り出して斬り込んでいく。ここからが本題だ。

店主はそこで思わず揉み手するのをやめ、内心の読めない薄笑いを浮かべた。文選が尚食部の文官という演技はうまくいったらしい。店主の警戒心が緩んだように見えた。

「――ここだけの話なのですが」

狡猾《こうかつ》な色合いを滲ませた口調で店主が口を開く。

「格安でご用意できる小麦がございます。少々特別な仕入れ先がございまして……わたくしどもにお任せいただければ、十分な量をご用意できるかと」

甘言で誘う店主に、文選は見えないように小さく唇の端を上げる。まずは仕掛けた罠に、かかったようだった。

あるいはかかったと見せかけているだけなのかもしれないが。つまるところ騙《だま》し合いなのかそうでないのか。相手は一癖も二癖もあるような輩である。

文選は満足そうに頷いた。

「ほう、小麦を用意できるのか。実は早急にいくらか欲しいのだが、今ならどのくらい用意できる？　この目で見ないことには私もおいそれと手を出すわけにはいかないのでな。前に用意できると言いながら、反故にされてしまったことも多々あり……慎重になっているのだ」

「それはそうでございましょう。量が量だけにご不安になるのも当然でしょう。そうですね……ああ、そうだ。実際、蔵をご覧いただきましょうか。ただいま扱える分は蔵に置いてございます」

「頼む」

「かしこまりました。ではご案内いたしましょう」

明盛がそう言うと、虞淵は明盛に気取られないよう文選の袍の裾を指で引き、合図をする。文選はそれに応えるように小さく頷き、席を立った。

明盛は「こちらへ」と促す。蔵はさらに奥にあるらしい。

立ち上がった文選はこの部屋の様子をぐるりと眺め回す。そして部屋の隅に置いてあった、精細な彫刻を施した漆器の器に目をやり、そちらのほうへ足を向けた。

「ときにご主人、この器はたいそうよいものですね」

堆朱《ついしゅ》の大きな器の外側には、詩が刻まれている。とても勇ましい内容の詩であった。またそれを彩る彫刻も美しい。

「お褒めいただきありがとうございます」

「この詩は……繹《えき》の詩人、楊韓仲《ようかんちゆう》のものですね。この器だけでなく、こちらの掛け軸の書も繹の方の筆によるものだ。ご主人は繹のご出身でいらっしゃるのかな」

文選が訊ねると明盛は狼狽え気味に「え、ええ」と曖昧に返事をした。

「ささ、早く参りましょう。わたくしも忙しい身でございますので」

誤魔化すような口ぶりで文選を急かす。

揺さぶりはここまでだな、と文選は思いながら、明盛という男が繹の出身であることを確信した。

「おや、お連れ様は？」

文選だけが席を立ち、虞淵はそのまま座っているため、明盛は訊ねてきた。

「品物を見るだけなら、私だけで十分ですので」

「そうですか。承知いたしました。ではお連れ様にはお茶のおかわりを——誰か、茶を」

明盛の声で小間使いの娘がやってきて、茶杯を替える。

虞淵を残し、文選は明盛と一緒に部屋を出ていった。

——半時経って、私が戻ってこなければ構わずに宮殿に帰れ。煌月様に報告してからでも遅くない。なに、気づかれたとして、おいそれとやられることはないさ。毒でも飲まされる可能性はなきにしもあらずだが、煌月様から授かった毒消しも持っている。

文選はただの文官ではなく、武芸の腕前も虞淵や煌月ほどではないが、そこいらの警吏よりは戦える。だからそれほど心配もしていないが、万が一ということがある。警戒はしすぎるということはない。

今回の文選の役割は動かぬ証拠を押さえること。

案内された蔵に、例の黒い麦があるのであれば、明盛が今回笙へ悪夢をもたらした張本人ということになる。

おとなしくしていろ、と文選には釘を刺されたが、なにやら胸騒ぎがする。

しばらくの間逡巡《しゅんじゅん》していたが、腹を決めて席を立ち、戸口へ向かった。

小間使いの少女が「いかがなさいましたか」と慌てて声をかける。

「すまぬが、厠《かわや》はどこだ」

「あっ……で、でしたら案内いたします」

少女は恥ずかしそうな顔をする。

「場所を教えてくれるだけでいい」

「で、でも……その……」

大方、この少女に見張っておけとでも言い置いているのだろう。

「大丈夫だ。場所を」

こういうとき、煌月ならばあの美貌で少女を誑《たぶら》かし、すんなり場所を聞き出せるのだろうな、といささか憎々しげに思う。色男ではない自分の顔が恨めしい。

なので少々声音を低く、怖いほうに寄せる。

ただでさえ、体格が威嚇しているも同然なのだ。そこにきて凄《すご》むような声を出せば、少女は怯んでしまう。案の定少女は少し震えながら「あ、あの……」と厠の場所を口にした。

（怖がらせてすまない）

幾分面白くない気持ちもあるが、背に腹は代えられない。

虞淵は廊下をずんずんと歩いていった。

それにしても迷路のような建物だ。

少女に教えてもらった場所と違うところを歩きながら、文選の向かった方角へ向かう。

突き当たりにまたも扉がある。開けると建物の外に出られる。だが思ったとおり、いかつい男が立ち塞がっていた。

「お客人。どちらへ」

「厠へ」

「こちらは後園に出ちまいます。厠はあちらで。お連れいたしましょう」

物事はやはり都合よくは進まない。すんなりいくわけはなかった。

どうしたものか、と思っていると、庭から野太い男の叫び声が聞こえた。

いかつい男はハッとして、声のほうへ顔を向けた。

「なにかあったようですね」

虞淵は文選が心配になる。が、あの声は文選のものではなさそうだ。

もう一度声が上がり、虞淵の側の男はごくりと息を呑んでいた。

「私なら平気です。早く向かわれたほうがよろしいのでは」

男は虞淵を睨みつけつつも迷っていたようだったが、不穏な叫び声のほうが緊急性があると判断したのだろう。そわそわとしている。

「厠はあちらです。くれぐれも不用な場所には立ち入らぬように」

「承知しております。ありがとうございました」

虞淵は腰を低くし、くるりと男に背を向けた。元来たところへ引き返すように足を数歩進める。

男はその間、虞淵の姿をじっと見つめ続けたようだが、虞淵が引き返すのを見届けたところで声のほうへ走っていってしまった。

足音が遠ざかっていくのを耳にして、虞淵は慎重に顔を後ろへ振り向ける。

扉は開け放したままで、男の姿は見えなかった。

「…………」

虞淵は恐る恐る足音を立てないように戸口へ近づく。人の気配はしなかった。

開け放した扉の陰から、外の様子を窺う。そろりと一歩出ると、植え込みから人影が飛び出した。

「――――！」

思わず虞淵は身構える。

「虞淵、私だ」

ザッという葉擦れの音とともに飛び出したのは文選だった。

「……なんだ、そんなところから」

ホッとしたのも束の間、文選はあたりへさっと視線を動かしたかと思うと、険しい表情で「ここを出るぞ」と言う。

「なにかあったのか」

「明盛が何者かに殺された」

虞淵と文選は店を通っていくと捕まりかねないと考えた。ちょうど後園の壁沿いにあった大きなクスノキの枝振りが高い塀を越えるにはよさそうだ。二人でそこから塀を越えて外へ逃げ出した。

文選と明盛が小麦を検分し、その後、他の穀物蔵に移動しようとしたときに吹き矢が飛んできたという。明盛は首筋を狙われ彼は倒れた。文選は咄嗟に植え込みに隠れ、それからすぐに護衛の男たちがやってきたので、おそらく命を狙った者は立ち去っただろうということだ。だが、今男たちは自分の行方を追っているだろうから、早くここから立ち去るべきとの判断を下したのであった。

宮殿に戻り、煌月《こうげつ》にそれを報告する。

「木登りなど、幼い頃以来のことでしたよ」

うんざりするように文選が言う。

「身体が鈍《にぶ》っていたからであろう。今度は俺と一緒に修練に参加してみるか」

ニヤニヤと笑いながら虞淵が言う。身体が大きくとも軽い身のこなしができる虞淵とは違い、文官の文選は手足のあちこちに擦り傷を作り、衣服にかぎ裂きを作って戻ってきたのである。

「そんな暇はありません。あの明盛という男が紫蘭殿となにやら怪しげに密会していたところも見ましたし、また明盛が繹の息のかかった者であるとも確信いたしました」

そして、明盛が市中で紫蘭と会っていた男だったことを煌月に伝えた。

「そうか。その明盛とやらに繹の息がかかっているというのは間違いないのか」

「十中八九。……あの店にあった堆朱の器、楊韓仲の詩が刻まれたものだったのだが、あの器は繹の帝が戦で功績を挙げた兵に報奨の一つとして下賜したものだ。昔、そんな話を聞いたことがある。楊韓仲は帝がことに引き立てている者であるし」

「なるほど……であれば、明盛は消されたということか」

「でしょうね。私たちが真相に近づいたから、でしょう。——ということは、この黒色麦の悪夢、裏で糸を引いているのはやはり繹でしょう。この線で疑いようもなくなりました。

そうなると紫蘭は繹の手の者と考えられましょう。また……湖華妃様ももしかしたら加担していたのかもしれません。考え難いことですが、手引きの一端を担っていた可能性があります」

こうして繹は戦ではなく、内部から笙という国を滅ぼそうとしているのだ。先んじてこの洗礼を受けた喬は王太子をも失い、国の存亡にかかわる事態に陥っているのだ。

繹は喬と笙を属国などではなく、国ごと飲み込む算段をしている。

「ところで、件の蔵にあった麦の中身についてはどうだった」

煌月が文選に訊く。蔵に入りはしたが、明盛が蓄え、宮中に売るつもりだった麦についての詳細は報告していない。

文選は手にしていた小袋の中から、いくつかの包みを卓子の上に置いた。

「――こちらが、はじめに明盛が私に見せた麦になります。蔵の手前側、一番目につくところにあったものですね。そしてもう一つ、こちらの麦は、私が明盛の目を盗んで頂戴してきたもの。蔵の奥まったところにあったものです。探りに来た者には手前側の麦を見せ、本当に流すほうはこちらだったのでしょう」

他の袋からも念のため頂戴してきました、と文選が説明する。

明盛が見せたもの、という麦以外のものに例の黒い麦の粒を一粒ではあったが見つけた。明らかにこれは汚染麦である。

量は少ないものの、麦の一部とそれらが入っていた袋の一部を切り取って持ってきたという。

明盛が側にいたあの状況ではそれが精一杯だった、と文選が言った。

「このような手口で喬も混乱に陥れたのだな。王太子殿下の死も同じように宮中に入り込んでいた麦を食していたためだろう」

「そう考えるのが妥当かと存じます。……あと少し泳がせてから蔵ごと押さえたかったのですが、当の明盛が殺されてしまったので、どうしたものかと難儀しております」

明盛の死は想定外だった。

これで明盛に自白させて、繹からの策略であるという確固たる証拠を摑む、ということが難しくなった。ただ蔵にある麦を根こそぎ確保することは可能だ。あの麦がすべて出回るとこの哥の街も混乱に陥ってしまう。まだ被害の少ないうちにこちらで保管しておけば、後々証拠として扱えるだろう。

「文選、そういや明盛は吹き矢でやられたと言っていたな」

しばらく口を閉ざしていた虞淵が文選に明盛の死因について訊ねた。

「ええ。吹き矢でした。私も狙われたのですが、なんとか無事で。……ああ、私を狙った矢が落ちていましたので、持ち帰っています」

これを、と文選は布に包まれた吹き矢の矢を煌月に見せた。

「これは……」

長く細い針に、吐く息を受け止めるための丸めた小さな羽がついている。とても軽く、これなら遠くまで飛ばすこともできる。

またこの針は、以前煌月が狙われたときに使われた矢とほとんど同じものであった。使い手は同じということを示唆している。

「煌月様のお命を狙った者と、明盛の命を奪った者が同じ者」

「そんで紫蘭殿は明盛と繋がりがあった。……ってことは……？」

口にしている途中で言葉を途切れさせ、うわあ、と悲痛な声を上げながら虞淵が卓子に突っ伏した。

まあまあ、と虞淵の頭を撫でながら文選が「暗殺者は紫蘭殿、ということでしょうね」と大きな息をつきながら口にした。

「まあ、虞淵。口説く前でよかったと思わねば。口説いてからだと、おまえの命が狙われていたかもしれん。今頃、明盛ではなくおまえの死体が転がっていたということも」

慰めになっているのかいないのかよくわからない言葉だったが、これでも一応親友のことを思いやっているのだろう。煌月はまたも結婚が縁遠くなった虞淵に声をかけた。

「煌月……」

苦虫を嚙み潰したような顔で虞淵は煌月を見、その二人の様子を見て、文選が笑う。

「ともあれ、差し当たって明日にでもあの蔵から麦をすべていただいてこようか」

煌月は外を見ながらそう言った。

「今日は風が強いな」

窓の外は風が吹いている。

この季節には珍しく、冷たく乾いた風は時が経つにつれ次第に強まっている。窓や扉をガタガタと揺らした。

「申し上げます」

一人の官吏が息を切らせてやってきた。

「どうかしたのか」

「はっ、明盛の店から火が出てございます。あっという間に焼け広がりまして……」

その報告で、三人はガタ、と椅子から立ち上がった。

明盛の店は、警吏の者に見張らせていた。なにか怪しい動きがあればすぐの報告をと申し伝えていたが、火事とは。

もはや付け火としか考えられない。明盛の黒幕は証拠隠滅を図ったのだ。

日はとっくに暮れている。火も思うようには消すことができないだろう。おそらく店とともにあの蔵の中の麦も焼かれていると思われる。そして明盛が繹の者であるという証拠になるものも。

「……やられたな」

煌月の言葉に文選と虞淵は唇を噛みながら頷いた。こちらとしても踏み込む態勢が整っていれば、すぐに蔵の中の穀物を接収することができたのに、と立ち回りの遅さを悔やむ。せめてもの救いはあの麦が宮中に出回らなかったことと、市中でもごく一部だけで抑えられていることか。いや、それも疑わしい。こうしている間にも、汚染麦は知らない間に広がっている可能性がある。

これほど早くに手を回すことができる力を思い知る。まだまだ自分たちの甘さを思い知らされた。

ダンッ、と虞淵が拳を卓子の上に振り下ろして叩く。

「相手側の手の者はもしかしたら明盛だけではないかもしれない。麦はすべて汚染されているものとして考えたほうがいいだろう」

卓子の上に置かれた麦の粒を手にして煌月は静かに言う。その口調には悔しさが滲んでいた。

「笙の民はなんとしても守らねばならない」

煌月は窓を開けて、強くそう言い切った。

湿った南風が吹き込んできて、ますます空気は不穏な色に染まっていくような気がした。月も星も厚い雲で覆われて、一層深い闇を与えている。

明盛という生きた証拠を失い、文選と虞淵は非常に落胆していた。無理もない。自分たちの目の前でなす術なくむざむざと殺されてしまったのだ。けっして気を抜いていたわけではない。相手が一枚上手だっただけである。

ざあっ、と強い風が吹いたのが合図とでもいうように、次の瞬間、宮中が騒がしくなった。煌月のいる清祥殿は軍機処が近い。また武官らの詰め所もそこからほど近いため、外の騒々しさがつぶさにわかった。

「……賊だあああっ！　賊がいるぞおおぉッ！　出合えぇぇえっ！」

遠くから緊迫感のある声が響いてきた。

煌月は今にも部屋の明かりを落とそうとしていたところであった。宮中に緊張が走る。早く仕留めろ、と誰かが叫んでいた。

煌月も側に置いていた剣を手にし、鞘《さや》から抜く。身構えてあたりを窺った。

怒鳴る声、金属の打ち合う音、ついぞ近頃では聞いたことのない数々の物音がし、騒然とする。

ひときわ風が強く吹いた。その風が窓を叩きつけた瞬間、部屋の明かりが消える。ハッとすると、耳元をヒュッ、となにかが飛んでくる。顔を傾けて煌月はそれを避けた。が、すぐさま今度は背後から頬をスッとかすめるものがあり、ピリ、と小さな痛みが走った。

幸い、相手は気配を隠し切れていない。煌月はその場から動かず、その気配を探る。息を呑みながら相手の出方を待った。

至るところで雄叫《おたけ》びと、剣を打ちつけ合う音が響いている。

「随分と派手に乗り込んできたものですね」

いくら意図的に侵入を許したとはいえ、これほどたやすく入り込まれるとは。わざとらしすぎただろうかと、煌月は内心で溜息をつく。

舞踏病のせいで、街中が気がそぞろなのはわかるが、つられて宮中まで動揺しても仕方がないだろうに。

これを機に、宮中の警備について考え直してもいいかもしれない。それにしても、今自分が対峙《たいじ》している相手は……と煌月は気持ちを集中させる。

（あちらの敵さんは派手にやっているようだが、こちらのほうは姿を見せたくないらしい）

暗闇に乗じて煌月の命を狙おうとしているところから、これまでの手口と変わりない。これは思うに――。

正体がばれていることは相手もわかっているだろう。

それでもなお姿を消しながらというのは、そういう戦い方しかできない、要は力での勝負事ができないということだ。相手が女人ならばこの戦い方も納得できよう。

(あちらもいささか焦りが出てきたのか)

明盛を殺めてすぐ、というのは功を焦っているのか。それとも後がなくなってきたからなのか。どうにかしてでもこの筮という国を傾かせたいと思われる。

頬に傷を作ったおかげで、空気の流れを敏感に察知できていた。この傷を作った暗器は吹き矢ではないだろう。風を切った音はもっと重量感があるものだ。小刀かなにか。いずれにしても毒は塗られていると考えるのが妥当だ。現に傷口に違和感を覚えている。けれどこの程度の傷なら、体内に入り込んだ毒もさしたるものではない。毒に慣れていない者なら、これだけで身体の動きが鈍くなるかもしれないが、常日頃から毒に接している煌月には無意味なものだ。

空気が動く。

「そこか……!」

目にも留まらぬ素早さで、煌月が抜き身の剣を振るった。

闇の中では太刀筋など見えぬ。相手の息遣いと、気配だけが頼りである。ヒュン、ヒュンという音が鳴っているのを聞くと、相手の武器は錘《おもり》を投げて当てる流星錘《りゅうせいすい》かなにかか。

毒での攻撃が効果がないとわかって、戦い方を変えてきたようだ。

何度か、ヒュン、という音を聞いたところで音が変わった。咄嗟に避《よ》けるが、質の異なった金属音の後、剣になにかが巻きついた。

「死ね……！」

女の声がした。

次の瞬間、うっ、という低く呻く声がし、床になにか大きなものを叩きつける音がした。

「陛下……ッ！　ご無事ですか……ッ！」

明かりを持った数人の警吏が部屋に駆けつけた。

警吏がそこで見たのは、煌月に腕をねじ上げられて床に押さえつけられている紫蘭の姿と、寝台に突き刺さり、鎖が巻きついた一振りの剣だった。

紫蘭が放った流星錘は剣に巻きついたことは巻きついたが、煌月はそのときには剣から自らの身体を離した後であった。紫蘭が飛びかかったとき、裏をかいて煌月は紫蘭の背後に回っていたのだった。

「大事ない。この曲者《くせもの》を捕まえただけだ」

涼しい顔で煌月が言う。

「さて、後ほどゆっくりと話を聞かせてもらうことにしましょう。あなたがそのきれいな顔で官吏たちをたぶらかしたのは、すでに調査済みです。我が国を食い物にしようとした、その分の対価は支払ってもらいますよ」

あれから文選が様々なことを突き止めていたのである。

警吏が紫蘭を捕縛したところで煌月は冷たく言い放つ。

「……そのように悠長なことをおっしゃっていられるのも今だけですよ。あなたが大事にしている小さなお姫様、今頃どうなっていますやら」

ふふ、と不敵な笑みを浮かべる紫蘭に煌月はにっこりと笑った。

「な、なによ……余裕ありげに笑っても、もうあのお姫様は私たちの仲間の手にあるはず。それともあの子を見捨てるってことかしら？ どうなってもいいと？」

煌月の態度にカチンときたのか、紫蘭は食ってかかるような物言いをする。煌月は横目で彼女の顔を見ると、「誰がいつどうなってもいいと言いましたか？」と唇の端を引き上げた。

「え……？」

「じきにわかりますよ。まあ、いつまでも思いどおりにはならないということです」

にっこりと煌月は美しく笑った。

「どういうこと？」

「お聞きになってわかりませんか？ もう騒ぎは収まっていますよ。あなた方が頑張って入り込んだのは認めますし、ちょっとこちらのほうもあまりにも簡単に侵入させすぎた感はありますが、まあ、だいたい想定の範囲内でしたね」

言いながら、煌月は窓から外を見渡した。

四方八方の塀や窓に縄梯子《なわばしご》がかけられ、警吏たちが群がっている。こんなこともあろうかと、今夜はいざというときに宮中に踏み込めるように、あちこちに警吏を待機させておいたのである。そのため、賊が入り込んでも、すぐに対応が可能だった。

相手の腕前は確かだろうが、その分、数でねじ伏せたのである。

煌月が説明をしていると、虞淵が部屋に現れ「片づいたぞ」と報告に来た。

「おう、そっちの首尾はどうだ」

「このとおりだよ」

煌月の足元に紫蘭が転がっているのを見て、虞淵は苦い顔を見せる。

「おまえの仇《かたき》はちゃあんと討っておいたから」

「はいはい。こっちもおまえの読みどおり、公主様のところに五人ほど妙なのがやってきたんでな。さっさとやっつけた。こっちも文選と白慧《びゃくけい》殿がいたんで、あっという間だったな。いやあ、白慧殿が強いのなんの。あの腕前、思わず見とれちまった。我が軍にも欲しいと思ったぞ」

「おまえがそう褒めちぎるのは滅多にないことだな。よほどの腕ということか」

「おう、花琳《ふぁりん》様を守りながらあっという間に二人見事な棒さばきで倒しちまった。あやうく俺の出番がなくなるところだったな。文選なんぞは指をくわえて見ているだけだった」

虞淵の報告に煌月は、ははは、と大きな声で笑う。

「それはさぞかし痛快だったことだろう」

「まあな。――で、紫蘭殿、よくも俺をコケにしてくれたもんだ。おかげで当分俺はこいつらに頭が上がらねえ。まあ、せいぜいおとなしく言うこと聞いてくれ」

紫蘭は悔しそうに歯噛みしながら、煌月と虞淵を睨みつけた。

虞淵も虜にした美しい顔はまるで鬼のように歪《ゆが》んでいる。

「紫蘭殿」

煌月が睥睨《へいげい》しながら紫蘭に話しかける。

「あなたたちの企みは、企みだけに終わったようですね。花琳様を人質に取って、私を脅して言うことを聞かせたかったのかもしれませんが。また、あわよくば私の命を奪ってこの国をいいようにしようとしたのでしょうけれども、そうは問屋が卸しませんよ」

「私たちの思惑がはじめからわかっていたということか」

鬼の形相を浮かべながら紫蘭が訊ねる。煌月は「ええ」と頷いた。

「簡単ですよ。いくつかのかけらがこの事態になることを示唆していましたから。湖華妃を利用してあなたは宮中に入り込んだ。そこまでは順調でしたね。湖華妃は……先王と后妃、そして私に対して大きな恨みを抱いていたということ……花琳様のおかげでやっとそこまでたどり着くことができました」

「あのお嬢ちゃんは侮れなかったってことね」

「ええ。とても頭脳明晰《めいせき》な方ですね。あんなに可愛らしいのに。――まあ、それは置いといて。明盛を消して後がないあなたたちは、私の弱みにつけ込んでくると思っていました。ですから客人である花琳様が狙われるのは想定内です。あの御方になにかあれば、氷《ひょう》との関係も危なくなりますしね。ですので、あらかじめ腕の立つ者を置いておくのは当然のことでしょう?」

思惑がとうに見透かされていたことを知って紫蘭は顔を真っ赤にしていた。

「生憎、現在私にはこの国の民の他、弱みらしい弱みというものはない。……これが偶然か、それともはじめから画策されていたことかはわかりかねますが、喬での黒麦汚染が思っていたよりも早かったのではなかったのかと。それで朱殿下の死を利用して、あなたが故意に花琳様を足止めしたと考えたのですが、そのあたりはいかがですか?」

紫蘭はふいと顔を背けたまま口を噤んでいる。

「だんまりのようですね。私が色仕掛けも効かないことでとりつく島もなく、虞淵から切り崩そうと思ったのでしょうけれどね。黒麦のことだけは、入り込む前に阻止できなかったのが悔しいですよ。ただ、明盛を殺めたのは失敗でしたね。あれであなたの動きに予測が簡単に立ちましたから」

ふふ、と悪戯っ子のような顔をして笑いながら煌月が言う。

「また後ほど、日を改めて伺います。——さ、この者を牢《ろう》に」

美貌の暗殺者は手枷《てかせ》と鎖をつけられて、連行されていく。ひとまずこれで宮中の騒動は片がついたと言えよう。

「虞淵もこれに懲りたら、面喰《めんく》いもほどほどに。顔だけ見て熱を上げすぎないことだな」

「わかってるって。これでも反省してるさ。けどどこかに運命の人はいないもんかねえ。独り身が長すぎて干からびそうだ。そのうち干物になって倒れちまう」

「干からびる前に、めいっぱい私の元で働いてもらわねばな」

「やめてくれよ。今でもおまえは俺のことをこき使いすぎだ」

「そうか？」

にやりと笑う煌月に虞淵は顔を顰めて肩を竦めた。ははは、と煌月が大声を立てて笑う。二人で笑い合っていると、虞淵が「ん？」と部屋の外へ視線を移す。パタパタという忙しない足音が聞こえた。

「煌月様！」

ほどなく、ぱあっと満面の笑みを浮かべて花琳が部屋の中に飛び込んでくる。

「花琳様、お待ちください！」

すぐさま白慧が追いかけてくる。

「なんということですか。煌月様のお部屋に直接伺うなんて失礼なことを……！」

白慧が言うのも構わず花琳は「煌月様！」と部屋に入った。

「ご無事ですか……！　お顔に傷など作っていらっしゃいませんよね？」

傍から見れば失礼なことを言っているのだが、花琳は気にしていない。というか、なによりやはり美しい煌月の顔に傷など作ってもらっては困るのだ。

だが煌月の花の顔《かんばせ》には一筋の傷。

（いやあああああああああっ！）

花琳は内心で絶叫する。本当は声に出したい。しかし、こんなところで絶叫してははしたないと白慧に叱られる。大声を出したいのをこらえ、口を開いた。

「こ、こ、煌月様……！　き、き、傷が……っ！」

花琳はわなわなと震える。美しい顔に傷ができているとはなんたること。思わずへなへなと崩れ落ちるようにへたり込んだ。

「小さな傷ですよ。深くもありませんし、心配なさらず」

けろっとして言う煌月を花琳はキッと睨みつける。

「いけません！　早く手当てなさってください！　跡が残ったらどうなさるんですか！」

煌月の顔は至宝である。国の宝、いや、全世界の宝といってもいい。その宝に傷などあってはならないのだ。

「大丈夫ですよ。王不留行の軟膏をつけておきますから。それより、花琳様も何事もなくてようございました」

さあ、手を貸しましょう、と煌月が手を差し伸べ、花琳は彼に引っ張り上げられながら立ち上がる。

「それは……白慧と虞淵が守ってくれました。文選殿もいらしたけど、白慧と虞淵があっという間にこてんぱんにしてしまったから」

「ですが、怖い目に遭わせてしまい申し訳ありませんでした」

「全然怖くありませんでした。虞淵が意外とかっこよくて、私、見直したの。いつもの虞淵より、戦っている虞淵のほうが断然かっこいいわ。でも……煌月様のほうがもっとすてきですけれど」

「おいおい。助けたのは今回だけじゃないだろうが」

一番はじめ、拐かされそうになったのを助けたのも虞淵なのだが花琳は「あら、そうだったかしら」としらばっくれる。

「あのときは煌月様がなんといっても輝いていましたし。……あっ、今はさらに輝きが増して……！　眩しいくらい」

煌月の顔を見ると自然と頬が緩む。

本当に顔がいい。見ているだけで癒やされる。きっと煌月の顔は薬かなにかで、このまま見続けていたら、不老不死にもなれるんじゃないか、ってくらい若返りもできそうだ。

煌月のまばゆい美しさの微粒子かなんかを詰めて売れば絶対爆売れ間違いなしな気がする。そのくらい美形は正義。浴びれば元気になれる。……最っ高っっっ。

「あー、はいはい。そうですか」

毎回毎回同じ話を聞かされて飽き飽きしているというように、虞淵が適当な返事をする。

「とにかくこれでひとまずは安心してよろしいかと思います。紫蘭を捕まえた以上、これで当面は妙な動きもできないでしょうし。ここでおかしな動きをしたら、後ろで糸を引いているのがどこかというのがわかってしまいますしね。これでようやくわたくしどもも、冰へ帰ることができるというものです」

白慧が花琳へ視線をやりながら言った。

それを聞いて花琳が落胆する。

物事には終わりがあると知っている。これ以上このきれいな顔を拝めないのは太陽がずっと沈んでいるくらい辛い。今まで毎日、神様仏様煌月様と祈り続けてきたけれど、実物を拝めなくなるのがとてもせつない。

「……そうね。そうだったわ。もう少しいることはできないのよね」

泣きそうな顔を作りながら花琳が呟く。

「無理ですよ。花琳様は元々朱殿下のお輿入れで参ったのですから、ご縁談がなくなった以上は帰らねばなりません。ここに逗留させていただいたのは、怪しい輩がたくさんおりましたので、道中安心して進むことができないと判断したためでございますよ。戦も免れましたし、ここに留まっている理由がなくなりましたので」

白慧はあっさりと言い放つ。

「白慧。どうしても帰らなくちゃいけないの？」

「帰らずにどうなさるのですか。花琳様は冰の公主というお立場にてこちらにいらっしゃることができるのです。公主というお立場は冰にいてこそそのものなのですよ」

「……冰に戻ったら、また他の国に嫁がなければならないのよね」

花琳の顔が曇った。

わかっている。花琳も公主としての自分の立場をきちんと理解している。自分がどのように利用されるのかも。だからここにいての一月足らずの時間は花琳にとっては非常に自由で、のびのび自分らしく過ごせた。

そしてその夢のような時間が今終わろうとしている。

喬への輿入れが叶《かな》わなくなっても、それはただ自由でいられる時間を少し延ばしただけに過ぎない。それこそ泡沫《ほうまつ》のようなものだ。

明らかにしょんぼりとし、口を閉ざした。

もう煌月以上の美形に会うことなど二度とないだろう。

さようなら、私の綺羅星《きらぼし》……。

きらきらとして美しい……本当の星のような人。

「はい、おそらくはそのようになるでしょうね」

あえて白慧は平坦な口調で答えた。ここで甘い言葉で取り繕ったとしても、現実を見せられれば落胆するしかない。期待すればするほど、現実との落差が大きいのはより心が疲弊してしまう。絶望に打ちひしがれる。ならばはじめから期待は持たせないほうがいい、そんな口調だった。


準備が整い次第出立いたします、と白慧は礼の言葉とともに煌月に告げ、しょげ返っている花琳を連れて清祥殿から立ち去っていった。

「やっぱりちょっと可哀想だな」

虞淵が呟くようにこぼす。

「それも仕方がないでしょう。そういうお立場にお生まれになったのですから」

「まあ、そうだけどなあ。なあ、煌月よ、あの公主さんを迎えるってわけにはいかないのか？　どうせおまえさんは後宮なんてあってもなくても同じようなもんなんだし、正妃もいないし、ここらで一人ちっこいのを迎えたところでどうとでもなるんじゃないのか」

「ふむ……それもそうですね。これを機に氷と確固たるご縁を繋いでおくことは悪いことではありませんね」

虞淵の提案に文選も同意した。

武器製造の技術に長けた氷と繋がりを持てば、縟への牽制になると文選はそう考えたのかもしれない。考え方として悪くはない、そんな顔をしている。

「おまえたちときたら……人ごとだと思っているだろう……」

好き勝手なことを言い出す友人たちに煌月は頭を抱える。

「いい考えだと思うがな。どうせぼんくらで変わりもんの王様なんだし、なにやったところでさして影響なんかないだろうよ。あの公主さんも、あれで結構な別嬪《べっぴん》さんだ。それにおまえの残念なところも全部知られているし、都合がいいんじゃねえか」

「そんなことを言って。おまえは白慧殿の腕が欲しいだけではないか。花琳様にくっついてくることを狙っているのだろう?」

「あはは。わかったか。いやあ、あの腕前は俺からしても惚れぼれする」

ははは、と高笑いする虞淵と、すっかり花琳の輿入れについての算段を考えている文選を前に煌月は大きく息をつく。

「私のことはともかく、まずやるべきことがありますよ」

紫蘭を召し捕ったことで、様々な繋がりを洗い出す必要があった。

特に紫蘭を送り込んだ湖華妃の実家を探ることは当然であるし、湖華妃自身もお宿下がりをしてもらわねばならない。

本人は手を下していないかもしれないが、縁《ゆかり》の者が煌月暗殺の実行犯である以上、反逆者として扱う必要があった。彼女はなぜこのようなことに加担することになったのか。

――明け方、寝台の上で冷たくなっている湖華妃の姿を侍女の一人が見つけた。

側には、黒い実が散らばっていた。

父と母を失ったときと同じその実を煌月は拾い集める。

「やはりあなたでしたか」

顛茄《てんか》――玻璃宮の庭にひっそり植えられていた植物がつけた実だとはじめて煌月は知る。

十年前、先王と后妃を亡き者にした実。

玻璃宮の奥、小さく目立たない紫色の花はこの黒い実をつけていた。

誰にも知られないような場所にひっそりと。

まるで彼女の本心のように、誰にも知られないような場所で。

「……遠くを照らし、近くを照らさない……ですね。まさかここにあったとは知りませんでしたよ」

葉に触れるとビリビリとひどい刺激を覚える。触れた場所が赤くただれるようにかぶれた。このような毒草をずっと彼女は育てていた。誰にも知られずひっそりと、おそらく彼女が入内したときからこの毒草は彼女に寄り添ってきたのかもしれない。

この十年、煌月に毒を盛り続けていたのも湖華妃だったのは間違いない。

(それほど、父と私が憎かったか。この筌を憎んでいたのか)

湖華妃が後宮に入った経緯を煌月はよく知らない。

ただ、他に好いた相手がいたのだ、ということをときどき感じることはあった。

花琳から借りた二つの物語。

あの物語をどんな気持ちで湖華妃は書いていたのだろう。先王を恨み、この筌という国を滅ぼしたいとまで思ったその気持ちを筆にのせていたのか。

(あなたが一筋に愛した人を思うがために……こんな悲しいことを)

華やかな暮らしの中に渦巻いていた妃の内面をようやく知って、煌月はただ死後の彼女が安らかであるようにと祈った。

丞相、劉己《りゅうき》も呼びつけ、これまでのことを文選の口から報告がされた。

市中に花琳たちを同行させたことや、紫蘭を捕まえるために仕掛けた罠などの身勝手な振る舞いに、劉己は呆れ返って憤然としていたが、叱りつけるのは後にしたようだ。

「まったく、ぼんくら王のほうがまだましかもしれません」

こめかみがピクピクと動き、肩を震わせていたが、雷を落とされることはなかった。

「冰の公主様まで巻き込んで、なにかあったら……ああ……」

命がいくつあっても足りないと、ぼやきながら、そこはやり手の丞相である。てきぱきと花琳らにさらに厚い警備をつけるように命じ、また、哥《か》に流通している小麦すべてを買い取る布令を出すことを決めた。

まずは黒粒麦に健康被害のおそれがあること。その麦を摂取することにより、病が蔓延することを広く周知させた。

麦が原因と知って、大方の民は安易にヤミ麦に手を出すことを敬遠し、それゆえ被害を食い止めるために一定の効果があったと思われる。

さらに小麦、大麦、また米についての調査をはじめるのと同時に、国内の良質な麦の高値買い付けを行い、足りない分については他国からも麦の買い付けをはじめた。

行については新たな法律を制定し、当面麦の取り扱いについては中央で行うこととして、品質検査を義務づけることを理由に実質上の休止とした。良質の麦の配給を行い、転売は禁止とする。高値で売買する者があれば厳しく罰する。

それでもそれ以上に安価で売買されているヤミ麦をすべて排除するには時間がかかるだろう。

さらに劉丞相は早急に品質の確かな小麦の確保のために、黒麦に汚染しているかどうかの鑑別ができる者を方々に向かわせることを決める。黒麦は麦の病である。汚染している畑の麦はすべて焼却させることにした。

「焼却はよろしいのですが、そうなると主食がまったくないということになりましょう」

皆の懸念はそれだ。麦米を排除するとなると、主食を口にすることができなくなるということだ。

「そうだな。多少は粟などの作付けをしているところもあるだろうが、ほぼないだろう。安全な麦をどのくらい確保できるのか……かき集めてもすべての民に行き渡る量をとなると難しい」

煌月以外の三人は安全な麦を得るためには、と思案に暮れていた。だが煌月は一人、腕を組んで考えごとをし、いくばくかの後、ひらめいたように口を開いた。

「そばを作る」

「そば？」

「そばだ。そばは、七十五日で収穫できる成長の早い作物だし、多少の荒れ地でもよく育つ。おまけに黒麦の病にも罹らないのだよ。七十五日というが、栽培の環境がよければもう少し早く収穫できる。連作での障害は心配だが、今年に限ってのことでもあるし、これからでもうまくいけば、二回作付けができる可能性がある」

なにか思案していたと思っていたのは、このことだったようだ。

「ちょうど季節もいい。今種を蒔《ま》けば、夏の盛りには一度目の収穫ができるはずだ。それにこれから麦畑を焼いたとしても、その後で秋の収穫に間に合うようにその畑にそばを育てればいい。黒麦の病の心配がないから、黒麦が出た畑でもそばは育てることができるだろう」

そばのことなどよく知らない他の三人は、じっと話を聞く。煌月の説明どおりならば、いくらか民に我慢を強いることにはなるが、飢えることはないはずだ。

「……なるほど。それはいいお考えです。そばは東の地方がよく採れていますし、種を調達して参りましょう。足りなければ他国からも取り寄せればよい」

劉己が明るい声を出す。どうやら彼の中でも算段が立ったらしい。

「それでだな、ひとつ相談があるのだ」

煌月が三人の顔をぐるりと見渡した。

「相談とは？」

ピクリ、と劉己のこめかみが動く。またよからぬことを考えているとでも思っているのだろう。

「そばの種を喬にも贈りたいのだ。育ててもらえばこの忌まわしい騒動も終わりになる。あちらの丞相殿とは一度お話ししたいと思っている。朱殿下がみまかられてあちらも大変だろうと思うし、花琳様とのご縁もなくしてしまったとなれば、国を立て直すだけで一苦労と思われるのでな。あちらがどうされるかわからないが、申し入れてみるのもいいかと」

それを聞いて、劉己はポンと手を打った。

「それはよきお考えかと。ここで喬とも改めて友好のご縁を繋いでおくことについては、この劉己やぶさかではございません」

劉己だけでなく、文選も感心したように大きく頷く。

「よいお考えですね。元はといえば、喬での舞踏病の話を聞かなければ解決しなかったことですし、進上することには私も賛成ですよ。種を確保次第、あちらに使者を向かわせましょう。お歴々への根回しは私のほうからしておきましょう」

あらかた方針が決まったとはいえ、これから急ぎ取りかかるとしても、種の手配含めそばの収穫まではまだ三月《みつき》ほどある。その間、出回っている麦の回収や麦畑の調査などにも当たらなければならなかった。

「ああ、そうだ。煌月様、そろそろ花琳様がお立ちになられるお時間ですよ」

ご挨拶にいらっしゃるとおっしゃっておられました、と文選が思い出したように言った。

「長々と逗留させていただき、感謝申し上げます」

花琳が丁寧な礼の言葉を述べる。煌月はじめ虞淵も文選も少し面食らった様子だった。いつも賑やかな花琳しか見ていなかったから「よくいる普通の公主」然とした花琳に驚いたのだ。

煌月としてもやはり寂しいことは寂しい。

振り回されたものの、花琳が泣いたり笑ったり、また全力で煌月に好意をぶつけてくるのはなんとも可愛らしく楽しかったのだ。

彼女が無邪気に懐いてくるのはどこか心地よく、先王と后妃が亡くなってからは形式的にしか妹たちとも会うことがなかった煌月にとっては、とても新鮮な触れ合いだった。

「花琳様もどうかお元気で。寂しくなりますが」

煌月が声をかけると花琳は顔を上向けて、目を見開く。ぱあっと顔を明るくし、悪戯っぽく笑う。先ほどまでの元気のなさはどこへ行ったのか。いつもの花琳だ。

「――煌月様は私がいなくなってお寂しいですか？」

「ええ。寂しいですよ」

煌月が言うなり花琳はくるっと後ろへ振り向き、控えている白慧に向かって口を開いた。

「白慧、ほらごらんなさい。煌月様だってお寂しいっておっしゃっているじゃない。私考えたのだけど、嫁ぐのなら煌月様のところがいいかなって思うの。そしたら国のうるさ方も納得してくれるでしょう？　そういう話だったじゃない？」

ね、と花琳がぐいぐいとたたみかけてくる。

「花琳様、ですから寂しいというのは、社交辞令というものと何度申し上げたら」

白慧が諫《いさ》めるが花琳は煌月へ「社交辞令ですか？」と上目遣いで訊いてくる。

けっして社交辞令ではなく本音ではあるが、そのままこの可愛い少女へ言っていいものか。返答に戸惑っていると彼女は続けた。

「煌月様、私考えたのですけれど」

「なにをですか？」

「煌月様は後宮に妃嬪の一人も、ってうるさ方に言われていると思うの。私もどこかの知らない国に嫁がなくてはいけないと思うの」

そこまで言うと煌月がふふっと笑う。

「取引ということですか」

「どうかなあ？　と思って。本当は私なんかが煌月様のお側にいるのはおこがましいって思っているんですけど、でも……笙はなんでもあるし、本もたくさんあるし……」

それが本音か、と煌月は苦笑する。それでもこの真っ直《まっす》ぐな気持ちを疎ましいと思ったことはないのだけれど。

そのとき遠くから「牢破りだ！」という声が響いてきた。

にわかにあたりはざわつき、そして警吏の者が文選の元にやってくる。なにやら言葉を交わして、警吏の者は慌ててまた戻っていく。

「牢破り？」

煌月が眉を寄せる。

「ええ、紫蘭が牢を破ったようですね」

文選の言葉に虞淵が「あの女……！」とギリ、と歯噛みする。おとなしく牢に繋がれている女人ではないということだ。強かなやり口にはやられたという思いしかない。

とはいえ大変な事態だというのに、文選は実に冷静で動揺している様子もない。

「その言い方、わかっていたようだな」

煌月が文選へ視線をやると、彼はニヤリと笑った。

「ご安心ください。追っ手はつけてございますゆえ」

この口ぶり。文選は半ば故意に彼女に牢破りを促したのかもしれない。黒麦の件で証拠を握っていた明盛は殺められたし、この件と煌月暗殺に加担していたと思われた湖華妃も自死してしまった。本当の黒幕は他にいて、その闇を暴くことはまだできないでいる。今自分たちができるのは単に目の前のことに対しての対処だけ。根本的な解決にはなっていない。

すっかり花琳からの取引（？）への返事がうやむやになってしまったが、とうとう出立のときとなった。

「あっ、煌月様、今度私のお勧めの物語をお送りしますね！　絶対読んで……！」

「待っていますよ」

「ああ……もう煌月様にお会いできないのが辛い……」

「どうぞお元気で」

煌月が言うと花琳はもじもじとしだした。

「あの……あの……煌月様、ひとつお願いが……」

「なんでしょうか」

「手を……手を……握っていただけませんか……」

だめですか、と花琳は顔を真っ赤にし、それこそ耳まで真っ赤にしてそう言った。

「お安いご用ですよ」

言って、煌月は花琳の手を握る。

「ああああああ……！　もう、この手絶対洗いませんから……っ！　全部！　ごはん食べるときには白慧に食べさせてもらうし、なにもかもやってもらうので、この手！　洗いません！　もうここで息絶えてもいい……」

はあ、と花琳はうっとりしながら煌月が握った手をじっと見つめている。

「本当に楽しい方ですね。花琳様は。この数日間、とても楽しかったですよ」

煌月が言うと、花琳はにっこりと笑う。それはとても可愛らしい笑顔だと煌月は思った。

花琳たちの一行が立ち去った後、煌月は少し寂しい気持ちになる。

「なかなか面白い公主さんだったな。あんな子なら後宮にいてもいいんじゃねえのか」

「やっぱりこれは観念しなければなりませんよ」

虞淵と文選に小突かれ、煌月は複雑な表情を浮かべる。

「私にはまだまだやらねばならないことがあるからね。花琳様のことまで頭が回らないよ。それにきっと花琳様も国元へ帰ったら私のことなんかあっという間に忘れてしまうだろうよ」

それでもやはり花琳のような子が側にいたらきっと心和むことだろう、と不意に愛《いと》しい気持ちも募った。

煌月は花琳たちが向かう南東の方向を遠く見つめる。目を細め、あの無邪気で可愛い公主に幸あらんことをと願う。

いつまでも笑顔でいてほしいからこそ、自分のような者のところには来てはならないと思う。

湖華妃のように悲しい最期になってはいけないからこそ。

あの日寝台に散らばっていた黒い実のひとつを煌月は常に懐に収めていた。これは戒めだ。誰にももう二度と悲しい最期を迎えさせてはならない。

蒼《あお》い玻璃のような空を眺めながら、煌月はまたひとつ抱えた心の荷物の重さを感じるのだった。

二見サラ文庫

本作品に関するご意見、ご感想などは
〒101-8405
東京都千代田区神田三崎町2-18-11
二見書房 サラ文庫編集部 まで

本作品は書き下ろしです。

笙国《しょうこく》花煌演義《かこうえんぎ》
～夢見《ゆめみ》がち公主《こうしゅ》と生薬《しょうやく》オタク王《おう》のつれづれ謎解《なぞと》き～

2021年 6月 10日　初版発行

著者　野々口《ののぐち》 契《ちか》

発行所　株式会社 二見書房
東京都千代田区神田三崎町2-18-11
電話 03(3515)2311［営業］
03(3515)2314［編集］
振替 00170-4-2639

印刷　株式会社 堀内印刷所
製本　株式会社 村上製本所

落丁・乱丁本はお取り替えいたします。
定価は、カバーに表示してあります。

ISBN978-4-576-21077-3
https://www.futami.co.jp/sala/

二見サラ文庫

アレキサンドライトの正義
～怪盗喫茶は営業中～

狐塚冬里

イラスト＝巖本英利

ある日、謎の言葉を残して父が消えた。ニコは眉目秀麗で優秀な兄二人とともに父の行方を捜すのだが、それは新たな謎の始まりだった――